疯子委员会

1828年，大约一天早晨一时，两个人从爱丽舍堡附近的圣富纳街（-）的一所大房子里出来。其中一位是著名的医生霍勒斯·比扬；另一位是巴黎最贵族之一的拉斯蒂尼亚克男爵。他们是长期的朋友。每个人都已经把他的马车送走了，在街上看不到出租车。但是夜晚很好，人行道干了。

"我们将走到林荫大道，"尤金·德拉斯蒂尼亚克（ ）对比扬说。"您可以在俱乐部获得哈克尼出租车；直到黎明之前总会有一个。跟我到我家去。"

"荣幸。"

"恩，你对此有何评论？"

"关于那个女人？" 医生冷冷地说。

"我认出了我的！" 拉斯蒂尼亚克大叫。

"为什么，如何？"

"好吧，亲爱的同伴，您谈到德斯帕德侯爵夫人，就好像她是您的医院病人一样。"

"你想知道我的想法吗，尤金？如果您把那努辛格夫人扔给侯爵夫人，您将把一眼的马换成瞎眼的马。"

"努辛根夫人现年六三十岁，比昂。"

"这个女人三三岁，"医生很快说道。

"她最大的敌人只说六二十岁。"

"我亲爱的男孩，当您真的想知道一个女人的年龄时，请看着她的太阳穴和鼻子的尖端。不管妇女用化妆品可以达到什么效果，她们都无法对付那些廉洁的见证人。那里的每一年生命都留下了它的污名。当妇女的神殿虚弱，接缝，以特定方式枯萎时；当在她的鼻尖看到细微的斑点时，它们看起来像是看不见的黑色污迹，它们在伦敦被燃烧的煤烟囱散落在伦敦....你的仆人，先生！那女人三十多岁。她可能很英俊，机智，有爱心-随便你怎么想，但她已经三十多岁了，她正走向成熟。我不怪男人依恋那种女人。只不过，一个出类拔萃的男人一定不要把冬季皮蓬误认为是一个夏天的小苹果，在树枝上微笑着，等着你来嚼它。爱情永远不会去研究出生和婚姻的记录；没有人爱一个女人，因为她长得英俊、丑陋、愚蠢或聪明。我们爱是因为我们爱。"

"恩，就我而言，我之所以爱是因为其他原因。她是艾斯帕德侯爵夫人；她是一个-；她是时尚；她有灵魂；她的脚和德伯爵夫人的脚一样漂亮。她一年可能有十万法郎，也许有一天，我可能嫁给她！简而言之，她将使我处于一个可以使我偿还债务的职位。"

"我以为你很富有，"扁春打断道。

"呸！我一年有两万法郎，足以维持我的马。亲爱的同伴，我在那桩生意上做得很彻底。我会告诉你的。我已经把我的姐妹们结婚了。自从我们上次见面以来，这是我可以显示的最明显的利润；我宁愿他们付给他们，也不愿每年付五十万法郎。不，你要我做什么？我雄心勃勃。夫人能带给什么？再过一年，我将被搁置，像已婚男子一样被困在鸽子洞中。我有婚姻和单身生活的所有不适，没有任何一种的优势；每个男人都必须走到一个错误的位置，而每个男人都被绑在同一根围裙上的时间太长。

"所以你认为你会在这里找到宝藏？"边村说。"亲爱的侯爵夫人，您的侯爵夫人一点也没打中我的幻想。"

"您的自由主义观点模糊了您的视力。如果'夫人是夫人…"

"听我说。高贵或单纯，她仍然没有灵魂。她仍然是自私的完美类型。相信我，医务人员习惯于判断人和事物。当我们研究身体时，最聪明的人会读懂灵魂。尽管我们今天晚上曾在那漂亮的闺房度过，尽管这所房子很华丽，但侯爵夫人很可能负债累累。"

"是什么让你这么想的？"

"我没有断言；我想。她把自己的灵魂称为路易十三。曾经谈论他的心。我告诉你：那个脆弱而又白皙的女人，有着栗色的头发，可怜她自己可能是可怜的，她拥有铁质的体魄，像狼一样的食欲以及老虎的力量和怯。纱布、丝绸和平纹细布从来没有像现在这样巧妙地扭曲过！。"

"，你吓到我了！自从我们住在 以来，您已经学到了很多东西？"

"是的，从那以后，我的男孩，我见过木偶，既是洋娃娃，又是人体模型。我知道一些高级女士的方式，我们会照顾他们，挽救他们最爱的东西，他们的孩子（如果他们喜欢的话）或他们一直崇拜的漂亮面孔。一个男人在枕头上度过一夜，将自己磨损至死，以免他们在任何地方都失去一点美。他成功了，他像死人一样保守着他们的秘密。他们派人索要他的帐单，并认为这太高了。谁救了他们？性质。他们没有推荐他，而是对他不好，担心他免得成为他们最好的朋友的医师。

"我亲爱的伙伴们，那些你说过的女人，'他们是天使！' 我-我-看到剥夺了他们隐藏自己灵魂的小鬼脸，以及剥夺他们掩饰自己的缺陷的脆弱性-毫无礼貌，没有留下。他们不漂亮。

"在世界上的水域上，我们在陶醉的女巫的浅滩上搁浅了一段时间后，看到了很多泥土，很多污垢。——我们什么都没看到。自从我进入上流社会以来，我已经看到穿着缎子的怪物，戴着白手套的，受命令束缚的，好先生们比老鹅颈做高利贷！让我感到羞耻的是，当我想与美德握手时，我发现她

在一个阁楼里瑟瑟发抖，遭到脚的迫害，每年收入或一千五百法郎的收入半饿，并被认为是疯了，或古怪或卑鄙的

"简而言之，亲爱的男孩，侯爵夫人是一位时尚女性，而我对这种女性感到特别恐惧。你想知道为什么吗？一个拥有高尚的灵魂，高尚的品位，柔和的机智，慷慨的内心和过着简单生活的女人，没有机会成为时尚。因此，一个时尚的女人和一个掌权的男人是相似的；但这是有区别的：一个人超越别人而提高自己的品质使他高贵，是他的荣耀。女人一天获得权力的特质是邪恶的恶习；她掩饰自己的天性来掩饰自己的性格，过着好战的世界，她必须在脆弱的外表下拥有坚强的力量。

"我作为医生，知道胃的健康排除了好心。您的时尚女性没有任何感觉；她对娱乐的狂热源于渴望加热自己寒冷的天性，渴望刺激和享受，就像一个老人日夜夜夜站在歌剧的脚灯旁。由于她的大脑比心脏多，她为胜利而牺牲了真诚的激情和真正的朋友，而将军将他最忠诚的子兵派到前线以赢得战斗。时尚女性不再是女性；她既不是母亲，也不是妻子，也不是情人。从医学上来讲，她是大脑中的性行为。您的侯爵夫人也具有怪兽的所有特征，猛禽的喙，清晰，冷眼，柔和的声音-她像机器的钢铁一样光亮，触动了除心脏之外的所有事物。"

"您所说的话有些道理，。"

"有些道理吗？" 回答。"这是真的。您是否认为我没有被侮辱性的礼貌所打动，她让我衡量了她高贵的出生在我们之间设定的假想距离？当我想起她的目标是什么时，我对她的猫式文明没有最深的同情吗？因此一年来，她不会写一个字给我做任何丝毫的事。今天晚上，她笑着向我投掷了我，相信我可以影响我的叔叔波比诺特，她的案子对他成功了。

"亲爱的家伙，你宁愿她应该和你混蛋吗？-我接受你对时尚女性的嘲笑；但是你在标记旁边。对于妻子，我应该始终选择比地球上最虔诚，最虔诚的生物侯爵夫人。嫁给天使！您将不得不去把您的幸福埋在这个国家的深处！政治家的妻子是统治者，是一种赞美和礼貌的创造。她是一个有抱负的男人可以使用的最重要和最忠实的工具。简而言之，一个朋友可以毫不妥协地妥协自己，也可以在没有有害后果的情况下撒谎。十九世纪在巴黎看中的毛利人！他的妻子将是罗汉，她是弗洛德的一位公爵夫人，既热情又讨人喜欢，像大使一样，像费加罗一样狡猾。你爱的妻子无处可去；世界上的女人成就一切；她是一个男人没有金门匙可以打开每扇门的窗户上切割的钻石。把卑鄙的美德留给卑鄙的人，把野心勃勃的恶习留给有野心的人。

"此外，亲爱的同伴，您是否认为对法兰西公爵夫人，德莫夫尼厄斯夫人或达德利夫人的热爱不会带来极大的快乐？只要您知道这样的女人的冷酷，严厉的风格对他们的感情的最小体现是多么宝贵！看到长春花在雪地里刺穿是多么高兴！

风扇下面的微笑与一种假定的态度背道而驰，并且值得中产阶级妇女以抵押的奉献所带来的无尽温柔；因为，在爱情中，奉献精神几乎类似于猜测。

"然后，一个时尚的女人，一个-，也有她的美德！她的美德是财富，力量，影响力，对她内在一切的某种鄙视-"

"谢谢！" 边村说。

"老姜油！" 拉斯蒂尼亚克笑着说。"来吧-别太普遍了，像你朋友的绝望一样；成为男爵，圣迈克尔骑士；成为法国的同伴，并娶你的女儿为公爵。"

"一世！愿五十万个魔鬼-"

"来来！您能只在医学上占优吗？真的，你让我难过……"

"我讨厌那种人；我渴望一场革命，使我们永远摆脱他们。"

"所以，我亲爱的刺血针刺手，您明天就不会去叔叔波比诺吗？"

"是的，我会的，"比安雄说。"为你，我会下地狱去取水…"

"我的好朋友，你真的感动了我。我发誓要在侯爵上坐一个佣金。为什么，这要感谢你一个久留的眼泪。"

"但是，"继续说道，"我不会保证您会像让-朱尔斯·波皮诺那样成功。你不认识他。但是，明天第二天我带他去看你的侯爵夫人。如果可以的话，她可能会绕过他。我对此表示怀疑。如果所有的松露，所有的公爵夫人，所有的情妇和所有的巴黎人都在那里绽放着美丽的花朵；如果国王答应了他的大草原，而全能的人以炼狱的收益使他获得了天堂的命令，那么所有这些权力中的任何一个都不会诱使他将一根秸秆从他的一个秤盘转移到另一个秤盘上。他是法官，因为死亡就是死亡。"

这两个朋友到达了外交事务大臣的办公室，在林荫大道的拐角处。

"你在这里，在家里，"扁春笑着说，他指着部长住所。"这是我的马车，"他补充说，叫一辆哈克尼出租车。"这些-表达我们的财富。"

"当我仍在与海面上的暴风雨作斗争时，你会在海底感到高兴，直到我下沉并去问你在洞穴里的角落，老家伙！"

"直到周六，"比安雄回答。

"同意，"拉斯蒂尼亚克说。"你答应我，我会弹开枪吗？"

"我会尽我所能尽一切可能。也许这种要求佣金的诉求涵盖了一些小事，以表达我们美好时光的话。"

"可怜的扁春！他永远不会是一个好人，"出租车驶下时，拉斯蒂尼亚克对自己说。

对自己说："拉斯蒂尼亚克给了我世界上最艰难的谈判机会，"他回忆起第二天早晨升职时委托给他的微妙委员会。"但是，我从来没有向叔叔提出最低限度的服务要求，并且为他免费拜访了上千次。毕竟，我们不容易在彼此之间切碎事情。他会说是或否，到此为止。"

经过一番小小的自言自语，这位著名的医生在早上七点向伏尔雷街走了一步，那里是塞纳河省下级法院法官吉恩·朱尔斯·波皮诺特先生。富埃街（）（意为稻草）在13世纪曾是巴黎最重要的街道。那里是大学的学校，在学习的世界里听到了亚伯拉德和格森的声音。现在，它是第十二区最肮脏的街道之一，巴黎最贫穷的地区，那里冬天三分之二的人口缺乏射击，这使大多数小子留在了始建医院的门口，这家乞将大多数乞送到贫民窟，大多数人在街角捡拾烂摊子，大多数人衰弱不堪，使他们无法沐浴在阳光普照的墙壁上，而大多数人则犯罪。

在这条总是湿润的街道的中间，排水沟将一些染整厂的黑水运到塞纳河，那里有一间老房子，毫无疑问在弗朗西斯一世的统治下恢复了，并用砖砌在一起。一些砌体课程。前壁的形状似乎证明了它的实质性意义，这在巴黎的某些地区并不罕见。可以说，它的腹部是由其第一层的突出物引起的，在第二层和第三层的重量下被压碎，但被一楼坚固的墙壁所支撑。乍一看，似乎窗户之间的墩墩虽然已经被石加强了，但似乎已经让开了，但是观察者目前认为，就像博洛尼亚的塔楼一样，这里的旧砖和破旧的石头房子始终保持其重心。

在一年中的每个季节，地面坚固的墩台都呈黄色调，水分使石材发汗。当路人靠近这堵墙时，路人会感到冰冷，在这里，破旧的角石无法有效地将他挡住车轮。就像在使用马车之前建造的房屋一样，门廊的拱门形成了一个非常低的拱门，与监狱的外堡一样。在该入口的右边，有三个窗户，外面用铁栅栏封闭，铁栅栏的图案如此紧密，以至于好奇的人看不到内部是黑暗潮湿的房间的使用，而窗格也很脏又尘土飞扬。左侧是两个类似的窗口，其中一个有时是打开的，可以看到搬运工，他的妻子和他的孩子；在铺满地板的壁板装饰的房间里，成群结队地工作，做饭，做饭，大喊大叫，然后一切都摔成碎片，您要下两步台阶——深度似乎暗示着巴黎土壤的逐渐升高。

如果在下雨天，一些步行者在长拱顶下避难，投射着石灰洗过的横梁，从门到楼梯，那他几乎不会停下来看看房子内部的照片。。左边是一个方形的花园地块，每个方向允许不超过四个长步，一个黑色土壤的花园，带有葡萄架的格子，并且在默认情况下，在两棵树荫下的植被中收集纸张，旧破布，陶土，从屋顶掉下来的一堆灰浆；一块贫瘠的土地，墙上的时光流逝，树木的树干和树枝上都流逝了时间，像粉煤灰一样的粉末状沉淀物。房子的两个部分成直角设置，从这个花园庭院中获取光线，该花园被两个相邻的房屋所封闭，这些房屋建在木墩上，逐渐衰落并准备倒下，在每层楼上都可以看到一些奇怪的证据。内一些房客追逐的飞船。在这里，长长的电线杆上挂着巨大的染过的精纺绞肉，晾干了。在那儿，用绳子跳舞洗净的衬衫；较高的位置，在架子上，体积显示出它们刚铺满大理石的边缘；女人唱歌，丈夫吹口哨，孩子们大喊；木匠看见他的木板，铜车工使金属发出刺耳的声音。各种各样的行业结合在一起产生一种噪音，许多仪器使人分心。

该通道中的一般装饰系统既不是庭院，花园，也不是拱形的，尽管有一点点，它是由木制支柱组成的，这些支柱立在方形石块上，并形成拱门。通往小花园的两个拱门；另外两个面对着前门，通向一个木制楼梯，上面有一个铁栏杆，曾经是史密斯作品的奇迹，金属的形状异想天开。磨损的台阶在每个胎面下吱吱作响。每个公寓的入口处都有一个充满灰尘，油脂和灰尘的仓库，外门上覆盖着乌特勒支天鹅绒，镶有黄铜钉子，一旦镀金，就形成钻石图案。这些辉煌的遗迹表明，在路易十四时期。这所房子是议会议员的住所，一些有钱的牧师或教会收入的司库的住所。但是这些昔日的奢华痕迹在过去与现在的无情对比中给人以微笑。

米 吉恩·朱尔斯·波皮诺（-）居住在这栋房子的二楼，街道狭窄的地方使巴黎房屋所有二楼都很自然的阴郁。这座旧公寓是第十二区所有的人都知道的，普罗维登斯授予了这个律师资格，因为它提供了一个善良的工厂来治愈或减轻每个疾病。这是一位精采的侯爵夫人德斯帕德希望着迷的人的素描。

米 波皮诺，似乎是一个地方法官，总是穿着黑色的衣服-这种风格使他在那些习惯于从表面检查中判断一切的人的眼里变得荒谬。嫉妒要维护这种颜色所要求的尊严的人应该献身于对自己的人的持续和细微的照顾；但是我们亲爱的 波皮诺无法将自己强加于黑人所要求的清教徒清洁。他的裤子一直很破旧，看上去很像长袍，是用律师的长袍制成的。他的惯性弯腰及时地将它们折成无数折痕，以致在某些地方，它们被线条、发白，生锈或发亮的痕迹所描绘，背叛了肮脏的贪婪或最无人理的贫穷。他那粗大的精纺长袜在他那双变形的鞋子中反正被扭曲了。他的亚麻布在衣柜里长时间停留后会散发出淡淡的茶色，这表明已故的哀叹夫人波皮诺特有很多亚麻布的躁狂症。以淡淡的方式，也许她每年给自己洗一次澡的麻烦不超过两次。老人的外套和背心与他的裤子，鞋子，长袜和亚麻布相得益彰。他总是很不小心。因为，在他穿上一件新外套的第一天，他就以令人难以置信的敏捷性将它与服装的其余部分完美地匹配了。好男人等到管家告诉他，他的帽子太破旧，才买新的帽子。他的领带总是皱巴巴的，没有淀粉，而且在法官的乐队扰乱了他的领带之后，他从不把狗耳朵的衬衫领子伸直。他不理会自己的白发，而是每周剃两次毛。他从没戴过手套，通常双手都塞在空裤子的口袋里。肮脏的口袋孔几乎总是被撕破，为他的人的柔软增加了最后的感觉。

任何人都可以在巴黎认识巴黎的正义宫，并在那里可以研究各种各样的黑色着装，他们可以轻易地想象出的外观。波皮诺。一次坐几天的习惯会改变身体的结构，就像听不完的诉状所引起的疲倦告诉裁判官的脸部表情一样。由于他在法庭上小得可笑，没有建筑的尊严，并且在空气被迅速消除的情况下闭嘴，巴黎法官不可避免地获得了一种因反射而皱折，接缝，由于疲倦而沮丧的容颜。他的肤色变得苍白，根据他的个人气质获得了土黄色或绿色的色调。简而言之，在给定的时间内，最有才华的年轻人变成了"讨厌的"机器，该工具将代码应用于个别情况，而无需发条。

因此，自然赋予了。的外观不太令人满意，他作为律师的生活并没有改善。他的镜架不灵活，棱角分明。他浓密的膝盖，巨大的脚和宽阔的手与牧师般的脸形成对比，像小牛的头似的模样，柔和无情，但散乱的不流血的眼睛，被平直的鼻子所分开，几乎没有亮点，额头平坦，两侧大耳朵，松弛而优雅。他那稀薄而脆弱的头发通过各种不规则的分型显示出秃顶。

一个特征只是向生理学家称赞了这张脸。这个人有一张嘴，神的恩慈使它甜美。它们健康，丰满，红润的嘴唇，微皱，弯曲，活动，自然表达出高贵的感觉。嘴唇发自内心，宣告着这个人的才智和清醒，是第二眼的礼物，还有天上的脾气。而仅仅看他倾斜的额头，他的不留火的眼睛和步履蹒跚的步态，你可能会错误地判断他。他的生活满足了他的面容；它充满了秘密的劳动，并且隐藏了圣人的美德。在拿破仑于1808年和1811年对法律进行重组时，他的高级法律知识被证明是一项强有力的建议，以至于通过抽烟者的建议，他是第一批被任命为在巴黎帝国高等法院工作的人之一。不是计划者。无论何时提出任何要求，任何希望任命的要求，部长都会忽视波皮诺，后者从不涉足高级大臣或大法官的官邸。从高等法院他被送往普通法院，并由积极奋斗的人推到阶梯的最低梯级。在那里他被任命为首席法官。律师们普遍大声疾呼："是多余的！" 这种不公正感震惊了法律界，律师，司法常务官，除了本人以外的所有人，他们都没有提出申诉。在第一声喧声中，每个人都感到满意，那就是在一切可能的世界中，最好的世界是最好的，这肯定是法律世界。直到恢复时期最著名的大印章为帝国的首席大法官对这位谦虚而无可辩驳的人的监督进行报复之前，一直是首席法官。十二年后，米。毫无疑问，波皮诺特将死于塞纳河法院的一名法官。

为了说明一位法律专业人士的晦涩命运，有必要在此输入一些细节，以揭示他的生活和性格，同时，还应展示一些轮子。称为正义的伟大机器。米 波皮诺是由三位总统分类的，三位总统先后控制塞纳河法院，并由可能的法官组成。如此分类，他没有获得应有的工作声誉。就像画家总是被包括在画家，鉴赏家和朴素主义者组成的公众中，总是将其归类为风景画家,肖像画家,历史画家,海洋作品或体裁画家一样,他们出于嫉妒,或批判性的万能,或偏见,笼罩在他的智慧中,假设所有人的大脑中都有神经节-狭义的判断,这个世界适用于作家,政治家,从某种专业开始的每个人,然后被誉为无所不知;因此,波皮诺的命运被封印了,他被对冲以做某种特殊的工作。治安法官,辩护律师,辩护律师,都以法律共同体为食,在每种情况下都区分两个要素:法律和平等。公平是事实的结果,法律是原则在事实上的应用。一个人可能在公平上是对的,但在法律上却是错的,不会对法官造成任何责备。在他的良心和事实之间,存在着很多未知的决定性原因,而这些原因是法官所不知道的,但却使这一行径受到谴责或合法化。法官不是上帝;职责是使事实适应原则,判断各种情况,同时以固定的标准对其进行衡量。

法国雇用约六千名法官;在她的指挥下,没有一代人拥有六千个伟人,而在法律界,她找不到他们。在巴黎文明中,波皮诺特只是一个非常聪明的卡迪,他凭着自己的性格,并凭着将法律文字纳入事实的本质,学会了看清错误。自发而暴力的决定。借助他的司法第二见解,他可以刺破谎言的双重手段,而在这些谎言中,提倡者隐藏了审判的心脏。他是个法官,因为伟大的脾气是外科医生。当解剖学家探查他们的身体时,他探究了男人的良心。他的生活和习惯使他通过对事实的透彻研究,对他们最秘密的思想有了确切的了解。

当古维耶筛出地壳时，他筛了一个箱子。像那个伟大的思想家一样，在得出结论之前，他从演绎到演绎，并随着古维耶重建了无铅温育而重建了良心的过去。考虑简短时，他常常会在夜晚醒来，他的大脑突然闪出一丝真理。这场激烈的不公正之争打响了结局，这场竞赛的结局是一切都与诚实的人对立，一切都是为了流氓的利益，他经常总结道，在某些情况下对法律持偏见，例如对什么感到厌烦。可以称为占卜。因此，他的同事们认为他是一个不务实的人。他关于两条演绎线的争论使他们的讨论冗长。当波皮诺特发现他们不喜欢听他讲话时，他简短地发表了自己的见解。据说他不是这类案件的好法官；但是，由于他的歧视天赋非凡，他的见解明朗，而且他的渗透力深远，因此他被认为对主审法官的辛勤工作具有特殊的才能。因此，他是一名审查法官，在他的法律职业生涯的大部分时间内都留在了公司。

尽管他的资格使他非常适合执行其艰巨的任务，但他以在刑法领域博学而闻名，以至于他的职责使他感到高兴，但他的仁慈却不断使他遭受酷刑，他因此而缩他的良心和怜悯之间的老虎钳。在民事诉讼中，主审法官的服务要比法官提供的服务更好，但因此不能证明是一种诱惑；他们太繁重了。，一个谦虚而又善于学习的人，毫无野心，是一个不屈不挠的工人，从来没有抱怨过自己的命运。他为公共利益牺牲了自己的品味和同情心，并允许他自己被带到繁琐的刑事检查中，在那里他表现出同样的严肃和仁慈。他的书记员有时会给被告一些钱，用以购买烟草或保暖的冬装，因为他将他从法官的办公室带回了一个诱捕处，即捕鼠器，这是拘留所，被告一直受到命令。审查法官。他知道如何成为一个不屈不挠的法官和一个慈善者。没有人像他那样轻易地招供，而不必诉诸司法手段。他也拥有观察者的敏锐洞察力。这个人，显然如此愚蠢的善良，朴实和缺乏主见，可以猜出监狱里所有的狡猾狡猾，掩盖了最狡猾的街道，并制服了一个流氓。不寻常的情况加剧了他的敏锐度；但是要把这些联系起来，我们就必须干涉他的家庭历史，因为在他看来，法官是这个人的社会方面。里面存在着一个名不见经传的男人。

在故事开始前的十二年，即1816年，在可怕的稀缺与灾难性的同时，所谓的盟友留在法国，波皮诺特被任命为特别委员会主席，目的是向附近的穷人分发食物，就在他计划从街搬家的时候，他很少像他的妻子那样住在这里。这位伟大的律师，有远见的刑事法官在其同事看来似乎是一种畸形，他的优势似乎已经持续了五年，而他们一直没有看到其成因，就一直在观察法律结果。当他爬上阁楼时，当他看到贫穷时，当他研究迫切需要的东西，使穷人逐渐陷入犯罪行为时，他估计他们的长期斗争，同情心充满了他的灵魂。法官随后成为这些成年子女和苦工的圣文森特·德保罗。转换尚未立即完成。善与恶有其诱惑。慈善事业消耗了圣徒的钱包，轮盘赌逐渐消耗了赌徒的财产。波皮诺从苦难变成了苦难，从慈善变成了慈善。然后，当他抬起所有掩盖公共贫民窟的破布时，就像绷带下发炎的伤口溃烂一样，在年底时，他成为了该镇四分之一的天意化身。他是慈善委员会和慈善组织的成员。无论需要什么无偿服务，他都准备好了，做得很轻松，就像披着短斗篷的男人一样，他一生都在市场和其他挨饿的人们那里汤。

幸运地在更大的圈子和更高的领域采取了行动；他一心一意，预防犯罪，为失业者工作，为无助者找到了避难所，在危险威胁到来的任何地方都敏锐地分发了援助，使自己成为了寡妇的顾问，无家可归的孩子的保护者，小商人的沉睡伙伴。没有人在法庭上，也没有人在巴黎知道波皮诺的秘密生活。有许多美德使它们变得晦涩难懂。男人急忙将它们藏在蒲式耳下。至于那些律师所求助的人，他们整日辛苦工作，整夜疲倦，几乎没有能力赞美他。他们的孩子是孩子的风度翩翩，他们永远也不会付钱，因为他们欠的钱太多了。这种强制性的忘恩负义；但是播下感恩之心的哪个人会认为自己很棒呢？

到他的使徒工作第二年结束时，波皮诺特已将他房子底部的储藏室变成了一个客厅，被三个铁栅栏的窗户所照亮。宽敞的房间的墙壁和天花板被粉刷成白色，家具包括学校里看到的长木凳，笨拙的橱柜，胡桃木写字台和扶手椅。橱柜里是他的捐赠登记簿，面包订购票和日记。他让总帐像个商人一样，以免他被善良毁了。邻里的所有悲伤都在书中输入并编号，每本书都有很少的账户，就像商人的顾客有他们的账户一样。如果对需要帮助的男人或家庭有任何疑问，律师可以随时向警方提供信息。

拉维安是他的助手，是一个为主人而造的人。他赎回或续签了当票，并在主人在法庭上时参观了遭受饥荒威胁最大的地区。

夏季从早上四点到七点，冬天从六点到九点，这个房间到处都是妇女、儿童和贫民，而则给观众听。冬天不需要炉子；人群如此密集，空气被加热了。只是，拉维安将稻草撒在湿地板上。长时间使用后，长凳像抛光的红木一样抛光。这些人的破烂和破烂的衣服给人的肩膀高高的墙壁上涂着深色的、难以描述的颜色。穷苦的子非常喜欢，以至于他们在门打开之前组装起来，在一个冬天的早晨破晓之前，女人们用脚子给自己加温，男人们挥动手臂进行流通，从来没有声音干扰他的睡眠。夜间的拾荒者和其他辛苦劳动者知道这所房子，并经常在邪恶的时候看到律师私人房间里的一盏灯在燃烧。路过的小偷甚至说："那是他的房子"，并尊重它。他早上给穷人，中午给罪犯，晚上给法律工作。

因此，以波皮诺特为特征的观察天赋必然是双氟利昂。他可能会猜出贫民的美德-压抑好心情，胚胎中的细微动作，无法识别的自我牺牲，就像他可以在一个人的良知的底部读到最薄弱的犯罪轮廓，最细微的不法行为以及推断其他的。

的继承财产是每年一千克朗。他的妻子，姐姐到米。的医生给他带来了大约两倍的收入。她已经去世了五年，已经把财产留给了丈夫。由于一名超额法官的薪水并不高，而波皮诺特仅当了四年的全薪法官，所以当我们考虑他的薪资水平如何时，我们可能会猜测他在与他的人格和生活方式有关的所有方面都保持简约的原因。以及他的仁慈除此之外，难道不是像一个笨拙的男人那样冷漠无情的男人，一个科学素养，热情追求的艺术，永不磨灭的头脑的鲜明标志吗？要完成这幅肖像画，只需加上是几位未授予荣誉军团荣誉的塞纳河法院法官中的一位即可。

就是这样的人，他是法院第二分庭庭长所指示的，自他从民法法官中复职以来，波皮诺就属于该人。他应妻子的要求检查了斯帕德侯爵夫人，后者提出了起诉。争取佣金。

富埃雷街（）在清晨聚集了那么多不幸的子，到了九点钟将会荒废，而且一如既往的阴郁而肮脏。将他的马小跑，以便在他的生意中找到他的叔叔。他不禁笑了笑，想到法官的出现会在德斯帕尔德夫人的房间里形成奇怪的对比。但是他答应自己说服他以一种不太可笑的方式穿衣。

"如果我叔叔碰巧穿了一件新外套！"边村对着自己说，当他走进街上的时，客厅的窗户里发出了淡淡的光芒。"我相信，与拉维安谈论这一点会很好。"

车轮声传来，一半的吃惊的贫苦者从通道下走了出来，脱下帽子认出了边村。因为医生免费地治疗了律师推荐给他的病人，因此他对那里聚集的可怜生物的了解并不比他众所周知。

在客厅中央发现了他的叔叔，那里的长椅上摆满了病人，这些病人穿着奇形怪状的服装，以至于至少可以绕过艺术路人的目光。绘图员-伦勃朗，如果我们今天有这样的话-可能是从看到这些痛苦的孩子，无情的态度和所有的沉默中构想出的他最好的作品之一。

这是一个老人的坚固的容貌，他有一个白色的胡须和一个使徒的头-准备好要交出来的圣彼得。他的胸部部分露出来，露出明显的肌肉，这是铁质体质的证据，铁质体质使他成为抵抗整个悲伤诗的支点。那里有一个年轻的女人正在吮吸她最小的孩子，以防止哭泣，而大约五分之一的孩子则站在膝盖之间。她的白色怀里，在破烂中闪闪发亮，婴儿的肤色透明，而哥哥的态度则保证将来会成为阿拉伯人，她的优雅感与长长的一脸冷酷的深红色相映成趣，触动了幻想。，其中有这个家庭。在更远的地方，一个苍白而僵硬的老妇人，有着叛逆的贫民窟的令人反感的样子，渴望在一天的暴力中为过去的所有灾难报仇。

在那儿，又是那位年轻的工人，虚弱而懒惰，他聪明的眼睛显示出因必需品而被压碎的优秀才能，徒劳地挣扎，没有说出他的苦难，而由于没有机会在广阔的酒吧之间挤压而几乎死了炖到那可怜的家伙到处游并互相吞食。

大多数是妇女；毫无疑问，他们的丈夫去上班后，将其留给了他们，以他们的才智为家庭事业辩护，这种才华横溢的人民的女人，几乎总是在她的小屋里成为女王。您会看到头顶撕裂的头巾，每种形式的裙子都深陷泥泞，方巾破烂，外套破旧，肮脏，但眼睛像煤一样燃烧。这是一个可怕的集会，乍一看让人感到厌恶，但是当您意识到这些灵魂的尽职，纯粹是偶然的，那是一种测，这让人感到恐惧，这些灵魂全都为生活的每一个必需品而斗争。仁慈。点燃客厅的两块牛脂蜡烛在通风不良的房间的恶劣气氛所引起的雾中闪烁。

在这次集会中，裁判官本人并不是最美的人物。他头上戴着一个生锈的棉质睡帽；由于他没有，他的脖子是可见的，红色，冷冷且有皱纹，与他的旧睡衣的光头领子形成对比。他那张破旧的脸看上去半呆呆，引起了全神贯注。他的嘴唇像所有工作中的男人一样，被勒紧了绳子，像一个袋子一样皱了皱。他那条编织的眉毛似乎承担了所有他身上所承受的悲伤：他感到，分析并审判了所有这些。他像一个犹太的放债人一样警惕，从不从书本和收银台上抬起眼睛，而是直视被检查人员的内心，以一闪而过的眼神表达出他的警报。

拉维安站在主人的身后，随时准备执行命令，毫无疑问，他是一名警察，并通过鼓励新来者摆脱害羞的态度来欢迎新来者。当医生出现时，长凳上满是骚动。转过头，对见到感到惊讶。

"啊！是你，老男孩！" 波比诺大叫着，伸了个懒腰。"这么早带给您什么？"

"我很害怕，以免您在我见到你之前就应该对你进行正式访问。"

"好吧，"律师对仍然站在他旁边的一个矮胖的小女人说，"如果你不告诉我你想要的是什么，我猜不到，孩子。"

"匆忙，"拉维安说。"不要浪费别人的时间。"

"女士，"这位女士最后说道，变红了，说话声音低到只有波皮诺和拉维安才听到。"我有一辆绿色的杂货卡车，我有最后一个婴儿要护理，我欠他保持。好吧，我已经藏了一点钱-"

"是; 而你的男人接了吗？"波皮诺说，猜到了续集。

"是的先生。"

"请问你贵姓大名？"

"。"

"还有你丈夫的？"

"。"

"-？"波皮诺说，交出他的登记册。他补充说："他在监狱里。"在描述这个家庭的部分的空白处读了一条便条。

"为了债务，我亲切的先生。"

波皮诺摇了摇头。

"但是我没有任何东西可以买卡车的库存；房东昨天来给我付款。否则我应该被拒之门外。"

拉维安弯下腰，向主人说话，在他耳边小声说。

"那么，您想在市场上购买多少水果？"

"为什么，我的好先生，我要继续做生意，是的，我当然要十法郎。"

波皮诺与拉维安签了名，拉维安从一个大袋子里拿出十法郎，交给了那个女人，而律师则在账本上记下了这笔贷款。当他看到让可怜的小贩颤抖的快感时，边春明白了她在去律师家的路上一定会感到不安。

"下一个。"拉维安对那位留着白胡子的老人说。

边村把仆人拉到一边，问他这个听众会持续多久。

拉维安说："监察员今天早上有200人，有8人将被关闭。" "先生，您将有时间进行早期拜访。"

"我的孩子，在这里，"律师说，转过身来，着手臂向他吼叫。"这附近有两个地址-一个在塞纳河畔，另一个在'。立刻去那里。塞纳河上，一个年轻的女孩刚刚窒息了自己。和'，您会找到一个要送往您医院的人。我会等你的早餐。"

一个小时后，返回。富埃雷街（）荒废了；那里的一天开始破晓。他叔叔上了房间。法官减轻了痛苦的最后一个可怜的家伙即将离开，拉维安的钱袋子里已经空了。

"恩，他们怎么样了？"医生进来的时候，那位老律师问。

"那个人死了，"比安雄回答。"那个女孩会克服它的。"

由于缺少女人的眼睛和手，所居住的公寓已呈现出与主人的相融的面貌。一个沉迷于一个主导思想的人的冷漠已经在所有事物上树立了怪癖。到处都布满了无法战胜的灰尘，每个物体都被错误地改造了用途，并带有单身汉的寓意。花瓶里有文件，桌上有空的墨水瓶，已经被遗忘的盘子，必须找东西的火柴用一分钟的时间逐渐变细，抽屉或盒子半翻，还没完成。简而言之，订单计划造成的所有混乱和空缺都从未实现。律师的私人房间，特别是被这种不断的喧闹所扰乱，证明了他的不安定的步调，一个忙于应付事务的人的急忙，被矛盾的必需品所困扰。书架看起来好像已经被解雇了；书本上散落着，有些堆成一堆，打开，一堆又一堆，另一些在地上，朝下。在架子前纵排在地板上的议事记录；那地板已经两年没有抛光了。

桌子和架子上满是感激的穷人的奉献物。在一对装饰烟囱架的蓝色玻璃罐中，有两个玻璃球，其芯由许多颜色的碎片组成，使它们看起来像是某种奇异的天然产物。靠墙的墙上挂着人造花的框架，以及装饰着首字母的心和永恒的花朵。这是精巧无用的橱柜工作箱；那里的重锤刻有罪犯在刑法上的作风。这些耐心的杰作，感激之谜和枯萎的花束使律师的房间看起来像是一家玩具店。善良的人将这些艺术品用作藏身处，里面藏满了钞票，破旧的钢笔和纸屑。所有这些可怜的目击者见证了他的神圣慈悲，他们身上布满灰尘，肮脏，褪色。

一些被精美填充但被蛾子吃掉的鸟栖息在这个荒芜的荒野中，由波皮诺夫人的宠物安哥拉猫主持，无疑是由一位无礼的博物学家恢复了生活的所有美德，他们因此还了礼物。具有多年生宝藏的慈善机构。一些当地画家的心脏误导了他的画笔，他画了的肖像。和波皮诺夫人 即使在卧室里，也有绣花的针垫，十字绣的风景和折叠纸的十字架，如此精致地皱褶，以至于显示出它们浪费了无谓的劳动。

窗户的窗帘是黑色的，冒着烟，而挂饰绝对是无色的。在壁炉和地方法官工作的大方桌之间，厨师把两杯咖啡放在一张小桌子上，两把扶手椅，分别是红木和马毛，等待着叔叔和侄子。由于日光在窗子上变暗，无法穿透到这个角落，厨师烧了两下锅，其灯芯未被吸掉，显示出一种蘑菇状的生长，发出红光，它保证了蜡烛的缓慢燃烧，使用寿命长。因某种不幸而被发现。

"我亲爱的叔叔，当你去那个客厅时，你应该更加热情地包裹自己。"

"我忍不住让他们等待，可怜的灵魂！-恩，你想要我什么？"

"我来请您明天与侯爵夫人共进晚餐。"

"我们的关系吗？" 波皮诺问道，比安川真心不在意，笑了起来。

"不，叔叔；'侯爵夫人是一位高挑而强的女士，她向法院提出了一份请愿书，要求由疯子委员会来主持她的丈夫，然后您被任命了-"

"你要我和她一起吃饭！你生气吗？" 律师说，这是诉讼程序。"在这里，只阅读这篇文章，禁止任何治安法官在要求他决定之间的两方中的任何一方进食。让她来找我，你的侯爵夫人，如果她有话要对我说。实际上，我是在今晚处理完案件后去明天检查她的丈夫的。"

他站起来，拿起一包文件，放在能看得见的重物下，读完书名后说：

"这是誓章。既然您对这位高大又生气勃勃的女士产生了兴趣，请让我们看看她的要求。"

将睡衣包裹在他的身上，不断地从身上滑下来，露出胸部。他将面包浸入半冷的咖啡中，打开请愿书，阅读该请愿书，然后不时地在括号中加上括号，并进行了一些讨论，他的侄子参加了：

"对塞纳河省下级法院民事法庭庭长说，坐在司法宫。

"'夫人詹妮·克莱门汀·雅典娜·德·布莱蒙·沙弗里夫人。说，查尔斯·莫里斯·玛丽·安多什（　），德·埃斯帕德侯爵（'）是一个非常好的家庭。'居住在圣洪福尔街 104，并说米。' -- ，。22，" -可以肯定的是，总统告诉我他住在城镇的这一部分-"为她的律师谋杀"，"住在"！一个瘦弱的工作人员，一个男人被他的兄弟律师鄙视，对他的客户没有好处——"

"可怜的小子！" 说："很不幸，他没有钱，他像魔鬼一样奔向圣水冲去，仅此而已。"

主席先生，" 我荣幸地向您提交她丈夫。'经历了如此重大的变化，以至于目前它们已达到《民法典》第448条所规定的痴呆和痴呆状态，并要求适用该条规定的补救措施。他的财产和人身安全得到保障，并维护他一直与他同住的孩子们的利益。

"，事实上，这是。'在过去的十二个月中，情绪低落令人沮丧，'多年来根据他在事务管理中所采用的系统为人们提供了预警的依据。他虚弱的意志是显示疾病结果的第一件事；并且它的有效状态离开了。'侯爵暴露了他无能的一切危险，以下事实证明了这一点：

长期以来，所有收入均来自。'的财产没有任何合理的理由，甚至是暂时的利益，都被付给了一位老妇人的手，这位老妇人通常称其为令人反感的丑陋，名叫夫人，有时住在巴黎，，没有。8，有时在塞纳河和马恩省科雷附近的维尔帕里西斯，为了她三十六岁的儿子的利益，前帝国卫队的一名军官被埃斯帕德侯爵任命为他的影响在国王的护卫队中担任第一团胸甲骑兵少校。这两个人在1814年处于赤贫状态，从那时起购买了价值可观的房屋；除其他事项外，最近，在弗朗特大街上的一所大房子，所说的让·罗娜为了准备与那名打算结婚的女子让·罗娜在那儿定居，打算在这里大笔一笔钱：这些钱已经超过十万法郎。。婚姻是由米的干预安排的。'与他的一位银行家保持着亲密关系，他在结婚时曾向其侄女索要上述的，并承诺利用他的影响力为他争取男爵的头衔和尊严。事实上，这是由去年12月29日下的书专利来保证的，如果法院认为适当的话，封印的保管人可以证明他是尊贵的印章保管人。他的证词。

"'没有理由，甚至道德和法律都不会在反对方面达成一致，无法证明上述观点的合理性。吉恩诺'的确很少见到她；也没有解释他对所说的让·罗纳男爵的怪异情感，他与他少有交往。然而，他们的力量是如此巨大，以至于每当他们需要金钱时，即使只是为了满足自己的心血来潮，这位女士或她的儿子-'嘿，嘿！道德和法律之类的理由也完全不同意！店员或律师暗示什么意思？" 波皮诺说。

边村笑了。

"'这位女士或她的儿子毫无保留地获得了他们对德斯帕德侯爵的要求；如果他还没有准备好钱，'开出由该蒙哥诺支付的账单，他提议为请愿人提供证明。

"" 此外，为了进一步证明这些事实，最近，在续延不动产上的租赁之际，农民为按旧条款续约支付了可观的溢价，。让·勒诺立即将这笔款项交到了自己的手中。

"'侯爵侯爵用这些钱分散了自己的自由意志，以至于当他被问及这个问题时，他似乎什么都不记得了；无论何时有任何体重的人向他询问对他两个人的忠诚，他的回答都显示出他完全缺乏思想和对自己的兴趣的认识，显然上访者一定有某种神秘的原因在工作乞求引导正义的眼光，因为这是不可能的，但是这个原因应该是犯罪，恶性和不法行为，或者属于医疗管辖范围内的性质；除非这种影响是构成滥用道德权力的那种影响，例如只能用"占有"一词来形容-"魔鬼！" 大叫。"你怎么说，医生。这些都是奇怪的说法。"

说："它们肯定是磁力的作用。"

"那么，您是否相信梅斯默的废话，他的浴缸以及透过墙壁看到的东西？"

"是的，叔叔。"医生严肃地说。"据我所知，你读过那份请愿书。我向你保证，我已经在另一个行动领域中核实了几个类似的事实，证明一个人可以对另一个人产生无限的影响。与弟兄们的看法相反，我完全相信被视为机动力量的意志的力量。除了串通和欺诈之外，我已经看到了这种财产的结果。醒着时会严格执行磁化病人在睡眠期间向磁化器承诺的动作。一个人的意志就变成了另一个人的意志。"

"每一种动作？"

"是。"

"甚至是犯罪行为？"

"甚至是犯罪。"

"如果不是你的话，我不会听这样的话。"

"我会让你目睹的，"比安雄说。

"嗯，嗯，"律师喃喃地说。"但假设这种所谓的财产属于此类事实，很难证明它是法律证据。"

"如果这位女士让娜娜如此丑陋而丑陋，我看不出她还能使用其他什么迷恋方法，"比安雄观察到。

"但是，"律师观察到，"在1814年，这种迷恋应该发生的时间，这个女人还年轻14岁；如果她已经和联系了。在此之前的十年，这些计算使我们倒退了四二十年，直到那位女士年轻又漂亮，并为自己和儿子赢得了的权力。某些人不知道该如何逃避。尽管从正义的角度来看，这种力量的来源是应受谴责的，但在自然界看来却是合理的。让·勒伦夫人蜡像馆可能对这段婚姻感到不满，大概在那个时候，埃斯帕德侯爵和布拉蒙·沙弗里侯爵夫人之间的婚姻破裂了，在这一切的最底层，无非就是两个女人的竞争，因为侯爵和住了很长时间。'。"

"但是她那令人反感的丑陋，叔叔？"

律师说："着迷的力量与丑陋成正比。" "那是古老的故事。然后想到天花，医生。但继续。

"'早在1815年，为了提供这两个人所需的全部金钱，德斯帕德侯爵和他的两个孩子一起住在--街，房间很宽敞。不配他的名字和职衔" -好吧，我们可以过上自己喜欢的生活- "他将两个孩子留在了这儿，这是一种非常不适合他们未来前景的生活方式，即克莱门特·德斯帕德和卡梅尔·德斯帕德。，他们的名字和财富；他经常要钱，以至于房东，一个海员，在房间的家具上施行了死刑之后不久；当执行死刑时，埃斯帕德侯爵帮助了法警，他将他当成高级军官对待，并给予了他本应表现出的尊敬和尊敬的所有标记，对自己有尊严。'"

叔叔和侄子互相看了一眼，笑了。

"'此外，他一生的每一个举动，除了有关寡妇让娜洛和她儿子儿子让娜洛男爵的事实以外，都是疯子；在将近十年的时间里，他只把思想投向了中国，中国的习俗，举止和历史；他将一切都提到中国血统；当他被问到这个问题时，他将当日的事件和昨天的事情与与中国有关的事实相混淆；他通过将自己的行为与中国的政治相比较来谴责政府的行为和国王的行为，尽管他本人对此非常执着；

"'这种单调狂热驱使德斯帕侯爵行事毫无道理：违背贵族的风俗，并且反对自己对贵族职责的自以为是的想法，他加入了商业活动，他不断开出这些票据，这些票据在到期时会威胁到他的名誉和财富，因为这些票据将他盖印为商人，并且如果拖欠付款，可能会宣布他破产。这些债务是由于文具商，印刷商，平版画家和印刷调色师所致，他们为他的出版物提供了被称为"风景如画的中国历史"的资料，如今已分几部分散发出来，这些商人负担如此沉重，以至于这些商人要求请愿人为了挽救自己的信誉，就斯帕德侯爵夫人申请了一份疯狂的佣金。

"那个男人疯了！" 大叫。

"你是这样认为的吗？" 他叔叔说。"如果只听一个铃，您只会听到一个声音。"

"但是在我看来-"比安雄说。

"但是在我看来，" 波皮诺特说，"如果我的任何关系想要掌握我的事务管理，并且，如果不是一位谦逊的律师，他的同事在任何时候都可以验证他的状况，那么是的，我是这个领域的公爵，一个有点狡猾的律师，像裁员一样，可能会对我提出这样的请愿。

"'因为这种躁狂症，他的孩子的教育被忽视了；并且他已经按照所有的教育规则教给他们这些中国历史的事实，这与天主教会的宗旨背道而驰。他还让他们教了汉语方言。'"

"这里的裁员令我感到很有趣，" 比安雄说。

律师说："请愿书是由他的店长戈德沙尔撰写的，他不懂中文。"

"'他经常让自己的孩子对最必要的东西一无所知；请愿人尽管有她的恳求，却再也看不到他们；所说的埃斯帕德侯爵每年仅将他们带到她一次；她知道他们所面临的种种匮乏，因此白费力气，向他们提供了他们生存所必需的东西，以及他们所需要的东西-'哦！侯爵夫人，这很荒谬。通过证明太多，您什么也证明不了。——我亲爱的男孩，"老人把文件放在膝盖上，"母亲哪里又缺乏智慧和机智，向往的程度不及建议的灵感呢？是出于动物的本能？一位母亲像女孩一样狡猾，想要抚养自己的孩子，就像在进行爱情阴谋一样。如果您的侯爵夫人真的想给孩子吃衣服，那魔鬼本人就不会阻止她了，是吗？对于一个老律师来说，这实在太大了！

"'说这些孩子到了这个年龄，有必要采取步骤使他们免受这种教育的邪恶影响；应像他们的职级一样提供他们，并让他们不要再看到父亲行为的可悲榜样；

"'有证据支持这些指控，法院可以轻易下令提出这些证据。很多次'说起第十二郡的法官是三等普通话；他经常谈到亨利四世大学的教授。作为"书信人""，这会冒犯他们！在谈到最简单的事情时，他说："在中国没有这样做；"在最普通的谈话过程中，他有时会暗示乔恩洛夫人，或者有时会提到路易十四时期发生的事件，然后陷入最黑暗的忧郁之中。有时他幻想自己在中国。他的几个邻居，其中之一是埃德梅·贝克尔，医科学生，还有生活在同一屋檐下的教授让·巴蒂斯特·弗雷米特（），住在同一屋檐下，经过与侯爵的频繁交往后，他认为他对中国的一切都充满了狂热。该计划是由上述杰纳伦男爵和他的母亲寡妇制定的一项计划的结果，该计划旨在使埃斯帕德侯爵的所有脑力瘫痪，因为这是唯一的服务。吉恩诺似乎在渲染。'将为他采购与中华帝国有关的一切东西；

"'最后，请愿人准备向法院表明，所述男爵和女士所吸收的金钱。于1814年至1828年间的吉恩罗诺不少于一百万法郎。

"'为证实本文所陈述的事实，请愿人可以提供以下证据：惯于见见埃斯帕德侯爵的人，其名字和专业都相辅相成，其中许多人敦促她要求在埃斯帕德侯爵中要求佣金。宣布的荒谬。'无法处理自己的事务，因为这是使自己的财产免受管理不善的影响以及使他的孩子免受致命影响的唯一方法。

"考虑到所有这些，。总统，并附有誓章，请愿人希望它能取悦您，因为上述事实充分证明了这里以侯爵夫人的头衔和住所描述的侯爵夫人的精神错乱和无能，以至于最后他可能被法律宣布为不称职，本请愿书和证据文件可能会交给国王的检察官；并且您将在任何时候被要求提名本法院的一名法官向您提交他的报告，并随即宣布判决，等等。"

"在这里，"波皮诺特说，"总统的命令在指示我！-那么，斯帕德侯爵夫人想要我做什么？我知道所有的东西。但是明天我将和我的注册服务商一起去看。侯爵夫人，因为这对我来说似乎一点都不清楚。"

"亲爱的叔叔，请听我说，我从未问过与您的法律职能有关的一点点青睐；好吧，现在我请你向德斯帕德夫人表示她的情况应有的友善。如果她来这里，你会听她的吗？"

"是。"

"那么，去她家听她的话。埃斯帕德夫人是一个生病，紧张，脆弱的女人，她会昏昏欲睡。晚上去，而不是接受她的晚餐，因为法律禁止您以您的委托人为代价进食。"

"法律是否不禁止您从死者手中夺取任何遗产？" 波皮诺特说，很想他在侄子的嘴唇上看到了讽刺意味。

"叔叔，如果只是为了让您了解这门生意的真相，请同意我的要求。您将作为审查法官来，因为事情在您看来并不十分清楚。推开它！质疑侯爵夫人是必要的，就像检查侯爵夫人一样。"

律师说："你是对的。" "很可能是她生气了。我会去。"

"我会打电话给你。在订婚书上写下："明天晚上9点，埃斯帕德夫人。" -好！边村说，看到他的叔叔记下了订婚的事。

第二天晚上9点，边春在叔叔的尘土飞扬的楼梯上坐下，发现他在工作，他的判断有些复杂。拉维安为裁缝订购的大衣尚未寄出，所以波皮诺特穿着他那旧的沾染的大衣，而波皮诺特则一副朴实无华的样子，使那些不知道他私人生活秘密的人笑了起来。但是，扁绒获得了拉直领带和扣上外套的权限，他通过将乳房的右侧与左侧交叉来隐藏污渍，从而展示了新的布料正面。但是片刻之后，法官顺服了一种不可抗拒的习惯，将外套塞进胸口，顺便将手塞进口袋。因此，这件大衣前后都起了皱纹，在后背中间形成了一个驼峰，在背心和裤子之间留下了缝隙，他的衬衫露出了缝隙。感到悲伤，直到叔叔进入侯爵夫人的房间时才发现这种令人头疼的荒谬。

简要介绍此人和女士的职业，在此之前，医生和法官会发现自己对了解她对的采访很有必要。

在过去的七年中，埃斯帕德夫人一直是巴黎的时尚潮流，在这里时尚潮流可以轮流兴起，各式各样的人物，无论现在是大人物还是小人物，无论是在视野还是被遗忘的时代，最后一次是完全不能容忍的-就像被遗弃的部长们一样，以及各种衰败的主权。这些过去的奉承者，由于过时的作风而可恶，无所不知，无所不知，并且像流浪汉一样，是全世界的朋友。自从她的丈夫于1815年与她分居以来，德斯帕德夫人必须在1812年初结婚。因此，她的孩子分别有15岁和13岁。一个家庭的母亲，大约三十三岁，靠什么运气还是时尚？

尽管时尚反复无常，没有人能预见到谁将是她的最爱，尽管她经常高举一位银行家的妻子或一些举止优雅而美丽的女人，但当时尚登上宪法舞台并提拔年龄时，这显然是超自然的。但是在这种情况下，时尚的发展就像世界一样，并且接受了'夫人的年纪轻轻。

侯爵夫人的出生记录为33岁，傍晚时分是22岁。但是通过什么照顾，什么技巧！精致的卷发遮住了她的太阳穴。她谴责自己生活在暮色中，影响疾病，以便坐在薄纱过滤的保护光下。就像黛安·德·普瓦捷（　）一样，她在洗澡时用了冷水，侯爵夫人又一次像她一样，睡在马毛床垫上，用摩洛哥覆盖的枕头保存头发。她很少吃东西，只喝水，并且在一生中最小的动作中观察到修道院的规律性。

据说，这个严峻的系统是由当今的一位著名的波兰女士带走的，他用冰代替水，只用冷食，直到现在已经有一个世纪的历史了。小镇美女的时尚。波兰人一直活着到玛丽安·德洛尔梅为止，他的历史可以追溯到一百三十岁，而波兰的老副女王，已近一百岁，拥有青春的心和大脑，一张迷人的脸，优雅的形状；在谈话中，她像火焰中的小树一样闪闪发光，可以将我们文学作品中的人物和书籍与18世纪的人物和书籍进行比较。她生活在华沙，在巴黎订购她的草帽。她是位伟大的女士，和可亲。她游泳，像小学生一样奔跑，可以像年轻的蜂鸟一样沉入沙发。她嘲笑死亡，嘲笑生活。在使亚历山大皇帝大吃一惊之后，她仍然可以通过娱乐活动的辉煌来惊叹尼古拉斯皇帝。她仍然可以让一个年轻的恋人流泪，因为她的年龄是她所喜欢的，而且她有着精致的烤鸡排。简而言之，除非她确实是童话，否则她自己就是童话。

'夫人知道夫人吗？她是想模仿她的职业吗？侯爵夫人尽其所能证明了这种待遇的优点。她的肤色很清晰，眉头没有皱纹，她的身材像亨利二世的女士爱情一样，保留了柔美，清新，遮盖的魅力，赋予女人以爱，并让它活着。她通过艺术，自然以及也许是经验所建议的简单的预防措施，在她身上遇到了一个通用的系统，该系统证实了这一结果。侯爵夫人对所有非她自己的事物都无动于衷：男人逗乐了她，但没人能使她产生那种深深的激怒，这种激怒搅动了两种自然的深处，又一次破坏了彼此。她既不仇恨也不爱。当她被冒犯时，她在闲暇时冷冷而安静地为自己报仇，等待机会来满足她所怀有的对那些怀有不良纪念的人所怀有的恶意。她没有大惊小怪，没有激动自己，她说话，因为她知道一个女人用两个词就能造成三个男人的死亡。

她从分手了。'最满意。他是否没有带着两个目前很麻烦的孩子，将来会妨碍她的自负？她最亲密的朋友，以及最不执着的仰慕者，一无所获，不知不觉地出卖了母亲的年龄，就一无所获。她的请愿书似乎让他们感到非常焦虑，这两个男孩就像他们的父亲一样，在世界上不为人所知，因为西北航道对航海者来说是不为人知的。米'被认为是一个古怪的人物，他抛弃了妻子，却没有最小的抱怨理由。

这位侯爵夫人年仅两岁和二十岁，她的财富每年为两万六千法郎，侯爵夫人迟疑了很久，才决定采取行动并命令她的生活。尽管她受益于丈夫在家里的开销，尽管她拥有所有家具，马车，马匹，简而言之，是一个漂亮的建筑的所有细节，但她在1816年，17岁时退休了18岁那年，家庭正从政治风暴中恢复过来。她属于法堡圣日耳曼最重要和最着名的家庭之一，她的父母建议她在丈夫无法解释的随想将她逼离后，尽可能与他们住在一起。

1820年，侯爵夫人使自己摆脱了嗜睡。她去法庭，参加聚会，并在自己的房子里娱乐。从1821年到1827年，她过着优雅的生活，以品味和着装着称。她有一天一小时的时间来拜访，很长一段时间以来，她一直坐在宝座上，被夫人维奥贝斯特·德·怀亚斯夫人，法兰西公爵夫人和菲尔米亚尼夫人（她与结婚）所占据。德坎普斯辞职了，权杖由德斯帕德夫人抢走了。除了'侯爵夫人的私人生活，世界对此一无所知。她似乎很可能在巴黎地平线上照耀着很长一段时间，就像夕阳照在它的周围一样，但是永远都不会落下。

侯爵夫人与一位公爵夫人建立了非常亲密的关系，公爵夫人以其美丽和对刚被放逐的王子的依恋而出名，但习惯于在每个准政府中发挥领导作用。'夫人也是一位外国女士的朋友，一位著名且非常机灵的俄罗斯外交官与她讨论公共事务的习惯。然后一个习惯于为伟大的政治游戏洗牌的过时的伯爵夫人以母性的方式收养了她。因此，对于任何有雄心壮志的男人来说，德斯帕德夫人都在准备一种隐蔽但非常实际的影响力，以跟随公众，以及她现在对时尚的轻浮地位。她的客厅正在获得政治个性："他们在埃斯帕德夫人那里怎么说？""他们反对埃斯帕德夫人的客厅里的措施吗？" 重复了足够多的简单问题，使一群信奉她的忠实信徒包围了她的小圈子。一些受伤的政客受伤了，她受宠若惊，受宠若惊，这表明她具有俄罗斯驻伦敦大使的妻子的外交能力。侯爵夫人确实曾多次向代表或同龄人提出贯穿欧洲的言论和建议。她经常正确地判断朋友圈不敢发表意见的某些事件。法庭上的主要人物是晚上来的，在她的房间里吹口哨。

然后她也具有缺陷的特质。她被认为是-而且她是-轻率的。她的友谊似乎很坚定。她坚持不懈地努力工作，这表明她对光顾的关心比对增加影响的关心。这种行为是基于她的主导激情，虚荣心。许多女人喜欢的征服和享乐对她来说似乎只是手段。她的目标是生活在生活所能描述的最大圈子的每个点上。

在仍然年轻的男人中，那些属于未来的人，在很多场合挤满了她的起居室。和，，-，，，，两个，等。她经常会接待一个她不愿承认妻子的男人，而她的力量足以诱使某些有野心的男人屈服于这些艰苦的条件，例如两位著名的保皇党银行家米。和。她如此彻底地研究了巴黎生活的优势和劣势，以至于她的举止从未给任何人带来比她最小的优势。

她可能会在一张纸条或一封信上标出一笔不菲的价格，以致她妥协了自己，却没有被生产出来。

如果一个干旱的灵魂使她能够发挥自己的生命，那么她的人也同样会为此而努力。她有一个年轻的身材。她的声音随意而清新，或者清晰而坚硬。她最大程度地拥有了一个女人抹掉过去的贵族姿势的秘密。侯爵夫人非常了解在自己和那种喜欢幻想的人之间留出巨大空间的艺术。她的凝视可以否认一切。在她的谈话中，纯洁的心灵自然流淌出优美而美好的情感和崇高的决心。但实际上，在她为了自己的利益而无耻地做出妥协的时候，她全是自己，并且有能力炸毁一个在谈判中笨拙的男人。

拉斯蒂尼亚克试图抓住这个女人时，已经意识到她是最聪明的工具，但他尚未使用过。除了处理它之外，他已经发现自己被它迷住了。像拿破仑一样，这个年轻的大脑小将受到谴责，要不断进行战斗，同时知道一次失败会证明他的命运之重大，却在保护者的面前遇到了一个危险的对手。在他动荡的生活中，他第一次与值得他的伙伴一起玩游戏。他在征服德斯帕德夫人时看到了一个部长的位置，所以他一直是她的工具，直到他能使她成为危险的开始。

'酒店需要一个大家庭，侯爵夫人有很多仆人。盛大的招待会在二楼的房间举行，但她住在房子的二楼。精美楼梯的完美秩序，华丽的装饰，以及以前以凡尔赛风格盛行的端庄风格的客房，可谓是一笔不小的财富。当法官看到车门被打开以允许其侄子的驾驶室进入时，他迅速瞥了一眼小屋，门房，庭院，马，房子的布置，装饰楼梯的花朵，完美的清洁度的栏杆，墙壁和地毯，并数着制服的步兵，随着钟声的响起，步兵出现在着陆点上。他的眼睛直到昨天才在客厅里被穷人所穿的肮脏衣服听见了痛苦的尊严，现在他用同样敏锐的眼光研究了他所经过的房间的家具和华丽，以刺穿宏伟的痛苦。

"。波皮诺—米 边村。"

这两个名字在侯爵夫人坐的闺房门上发音，最近装修了一个漂亮的房间，并看着屋子后面的花园。此刻，德斯帕德夫人坐在其中一位夫人已经流行的旧式洛可可式扶手椅中。左手坐在低矮的椅子上，看起来像意大利女士的表哥一样定居。第三个人站在烟囱的角落。正如精明的医生所怀疑的那样，侯爵夫人是一个体弱多病，体弱多病的女性。但是对于她的养生方式，她的肤色一定要采取持续加热所产生的红润色调。但是她通过与房间或衣服一起穿衣的鲜艳色彩增加了后天苍白的效果。红棕色，马龙色的上带有金色的光芒，非常适合她。她的闺房是用棕褐色天鹅绒制成的，当时的闺房仿效当时在伦敦的时尚鼎盛时期的一位著名女士的服装。但是她添加了各种装饰细节，以减轻这种皇家色彩的浮夸。她的头发像个女孩一样打扮成束状，卷发结束，这突出了她的脸相当长的椭圆形。但是一张椭圆形的脸和一张圆形的脸一样威风。镜子上刻有小平面以随意加长或弄平脸，充分证明了该规则适用于面相学。

看到波皮诺犬时，他站在门口，像吃惊的动物一样脖子，左手放在口袋里，右手拿着带油腻衬里的帽子，侯爵夫人给了拉斯蒂尼亚克一眼，其中充满了嘲讽。这个好人的愚蠢外表与怪诞的身材和恐惧的表情完全融为一体，以至于拉斯蒂尼亚克见到了比雄通过叔叔泪丧的屈辱表情，忍不住笑了笑，转身走开了。侯爵夫人鞠躬打招呼，并竭尽全力从座位上站起来，再次倒下，并非没有恩典，并为受影响的软弱而为自己的弱致歉。

此刻，站在壁炉和门之间的那个人微微鞠躬，向前推了两把椅子，他用手势把这把椅子提供给医生和法官。然后，当他们就座后，他再次靠在墙上，双臂交叉。

关于这个人的一句话。在今天，有一个活着的画家，一个在野外生活的画家，他以最高的艺术水准来指挥您对他摆在眼前的一切事物的兴趣，无论是石头还是人。在这方面，他的铅笔比画笔更熟练。他会画一个空房间，然后把扫帚靠在墙上。如果他选择，你会发抖；您应该相信，这把扫帚只是犯罪的手段，正在流血；这将是寡妇公务人员用来扫除被谋杀的房间的扫帚。是的，画家会像男子汉一样疯狂地扫帚。他会让每根头发都站起来，就好像它在自己的头皮上一样；他将使之成为他想象中的秘密诗和将要诞生于你的诗之间的解释者。在被那把扫帚吓到之后，明天他会画另一只，在它旁边躺着一只猫，睡着了，但是在睡眠中却很神秘，应该告诉你这把扫帚就是德国皮匠的妻子骑的那把扫帚。开到安息日否则这将是一个无害的扫帚，他将在库房里挂上书记员的大衣。迪坎普斯的刷子里有帕格尼尼弓上的东西，这是一种电磁交流的力量。

好吧，我应该把那种惊人的天才，那种奇妙的铅笔诀窍转变成我的风格，以描绘一个身穿黑色衣服，黑发却不说话的挺拔，高大，苗条的男人。这位绅士的脸像刀锋一样，冷酷而刺眼，浑浊的颜色像塞纳河水，撒满了沉船上的木炭碎片。他看着地板，倾听并做出判断。他的态度令人恐惧。他像可怕的扫帚一样站在那儿，德坎普赋予了他揭示犯罪的力量。侯爵夫人不时地在交谈过程中寻求一些默契。但是无论他急切地问她如何，他都像表彰者的雕像一样庄重而僵硬。

一位有价值的，坐在火炉前的椅子边缘，帽子在膝盖之间，凝视着镀金的枝形吊灯，钟表以及烟囱架被覆盖的好奇心，天鹅绒和装饰物。窗帘，以及时尚女性收集的所有昂贵而优雅的物品。'夫人将他从家中的沉思中唤醒，他以通俗的语气对他说：

"先生，我欠你一百万谢-"

他自言自语地说："一百万谢，太多了；这并不意味着一个。"

"为你自负的麻烦-"

"屈服！" 以为他 "她在嘲笑我。"

"要进来见一个病得很痛而不能出去的客户-"

在这里，律师给了侯爵夫人一个询问的外观，检查了不满意的客人的卫生状况，从而缩短了侯爵夫人的年龄。

"自如。" 他对自己说。

"夫人，" 他怀着敬意的表情说道，"您不欠我任何东西。尽管我对您的访问并非严格按照法院的惯例进行，但在此类案件中，我们应不遗余力地发现真相。这样，我们的判断就不会受到法律条文的指导，而会受到我们良心的提示的指导。无论我是在这里还是在自己的咨询室中寻求真相，只要找到真相，一切都会好起来的。"

波皮诺说话的时候，拉斯蒂尼亚克和比安雄握手 侯爵夫人鞠躬致意，向医生致意。

"那是谁？" 边春轻声问道，这是个黑男人。

"骑士勋章，侯爵的兄弟。"

"你的侄子告诉我，" 波比诺侯爵夫人说，"你被占领了多少，我也知道你是如此的好，以至于不想掩饰自己的善行，以免那些你不得不负担的人从感谢。看来，法庭上的工作最令人疲劳。为什么他们没有法官的两倍？"

"啊，夫人，这并不困难；如果他们有的话，我们应该不会更糟。但是一旦发生这种情况，家禽就会咬牙切齿！"

当他听到这则讲话时，完全体现了律师的外貌，这位骑士用一只眼睛从头到脚测量了他，甚至说："我们将轻松地管理他。"

侯爵夫人看着拉斯蒂尼亚，后者弯腰弯腰。"那是个男人，"丹尼尔喃喃自语道，"值得信赖的人可以对私人的生活和利益做出判断。"

像大多数在公司中长大的男人一样，总是让自己遵循他已经习得的习惯，尤其是心智习惯。他的谈话全都是"商店"。他喜欢质疑与他交谈的人，迫使他们得出意想不到的结论，使他们的诉说超出了他们希望透露的范围。据说波佐·迪·博尔戈（ ）曾经用来娱乐自己，方法是发现其他人的秘密，并将其纠缠在他的外交网罗中，因此，以无敌的习惯，表明了他的思想是如何沉浸在野性中的。可以这么说，只要勘测了他所站在的地面，他就会发现有必要诉诸于法院所使用的最巧妙的，最精心包装和伪装的微妙之处。发现真相。

边春冷漠而严厉，是一个下定决心要忍受酷刑而又不透露自己痛苦的人。但是他内心深处希望他的叔叔只能在我们踩蛇毒时踩到这个女人-侯爵夫人的长裙子，她的姿势曲线，长长的脖子，小小的头部和起伏的动作向他表明了一个比较。

'夫人说："先生，好吧，尽管我多么讨厌自己或看起来很自私，但我受苦了太久了，不希望您立即解决问题。我很快会得到一个有利的决定吗？"

"夫人，我将尽一切努力得出结论，"波皮诺特坦率地表现出善良的态度。"您是否不知道造成您和侯爵夫人之间存在分离的必要原因？"

"是的，先生。"她回答，显然准备讲一个故事。"1816年初.'的脾气在三个月左右就完全变了，他提议我们应该住在他在附近的一个庄园里，而不考虑我的健康，因为那会破坏气候或影响我的生活习惯; 我拒绝去。我的拒绝引起了他的无可厚非的谴责，从那时起，我开始怀疑他的思想是否健全。第二天，他离开了我，离开了他的房子，免费使用了我自己的收入，然后他去了蒙塔涅 - 圣杰纳维耶夫街，带着我的两个孩子住了-"

"片刻，夫人，"律师打断她。"那是什么收入？"

"每年两万六千法郎，"她在括号内回答。"我立即咨询了老先生。关于我该怎么做，鲍丁，"她继续说。"但是在剥夺父亲照顾孩子的方式上似乎有很多困难，以至于我被迫辞职，辞去了自己的工作，直到22岁-这个年龄很多年轻女性非常愚蠢的事情。毫无疑问，您已经阅读了我的请愿书；您知道我赖以购买关于的疯子佣金的主要事实。'？"

"夫人，您曾经向他申请过照顾孩子吗？"

"是的，先生；但徒劳无功。很难让母亲失去对孩子的爱戴，尤其是当孩子们可以像每个女人一样给予她幸福的时候。"

"长者一定是十六岁，"波皮诺特说。

"十五"，侯爵夫人急切地说。

在这里，和互相看着对方。德斯帕德夫人咬住了嘴唇。

"我的孩子的年龄对您有什么影响？"

"恩，夫人，"这位律师说，似乎没有对他的话有任何重视。"我想，一个十五岁的小伙子和一个十三岁的弟兄，对他们有腿和智慧。他们可能会偷偷来看你。如果他们不这样做，那是因为他们服从了父亲，并且在那件事上服从了父亲，他们必须非常爱他。

侯爵夫人说："我不明白。"

"也许您不知道，"波皮诺特回答，"在请愿书中，您的律师代表您的孩子对父亲非常不满意？"

'夫人以迷人的天真回答：

"我不知道我的律师可能把什么放在嘴里。"

"请原谅我的推论，"波皮诺特说，"但正义是一切的重中之重。夫人，我要问你的是我完全希望了解这个问题的建议。通过您的帐户 达斯帕德以最轻率的借口把你抛弃了。他没有去布里安孔，他希望带你去，而是留在巴黎。这一点还不清楚。结婚前他知道这个让·罗娜夫人吗？"

"不，先生。"侯爵夫人回答说，有些粗糙，只有拉斯蒂尼亚克和骑士'可以看到。

当她打算欺骗他的判决时，她因受到该律师的盘问而被冒犯；但是，由于波比诺仍然因愚昧无知而显得愚蠢，她最终将他的疑问归因于伏尔泰执达官的质疑精神。

她继续说："我的父母，在我16岁到18岁时与我结婚。'的名字，财富和生活方式如我的家人在我丈夫所寻找的那个人中所寻找的那样。米 当时德斯帕德已经六点二十了。他在英语中是个绅士。他的举止使我感到高兴，他似乎很有野心，我喜欢有抱负的人，"她看着说道。"如果。'从未遇到过让·罗纳德夫人，他的性格，他的学识和他的学识会使他-如他的朋友们当时所相信的-升任政府高级职务。当时的国王查理十世对他有最崇高的敬意，而同僚的座位，在法庭上的任命，肯定是他的重要职位。那个女人转过头，毁了我家庭的所有前景。"

"什么。'当时的宗教见解？"

"他曾经而且现在仍然是一个非常虔诚的人。"

"您不认为让娜洛夫人可能通过神秘主义影响了他？"

"不，先生。"

"夫人，你有一间非常漂亮的房子，"波皮诺突然从口袋里掏出手，站起来捡起大衣给自己取暖。"这个闺房非常好，那些椅子很棒,整个公寓都很豪华。" 当您看到自己在这里,知道您的孩子病倒,衣着不整,喂饱时,您的确必须感到最不高兴。我无法想象母亲会更可怕。"

"确实是的。我应该很高兴为可怜的小家伙们带来一些乐趣,而他们的父亲则让他们在那段惨淡的中国历史中从早到晚都在工作。"

"你给人帅气的球;他们会喜欢它们,但他们可能会喜欢散去。但是,他们的父亲可能会在冬天将他们寄给您一次或两次。"

"他在我的生日和元旦将它们带到这里。在那几天'帮我和他们一起在这里用餐。"

法官带着坚定的信念说:"这是非常奇异的行为。" "你见过这位詹姆士·乔纳诺夫人吗?"

"有一天我的姐夫对他的兄弟不感兴趣-"

"啊!先生是'的兄弟?律师说,打断她。

骑士鞠了一躬,但没有说话。

"。观看了这件事的达斯帕德(')带我去了,这名妇女去讲道,因为她是一名新教徒。我看见她了;她的吸引力不大;她看起来像个屠夫的妻子,非常胖,身上有天花的可怕痕迹。她的脚和手像男人一样,着眼睛,简而言之,她太可怕了!"

法官说："这简直不可思议。""这个生物住在一间精美的房子里，佛瑞街附近吗？似乎没有普通人了吗？"

"在她儿子花了荒谬钱的豪宅中。"

波皮诺特说："夫人，我住在法堡圣马索；我不知道这些费用。您怎么称呼荒谬的款项？"

"好吧，"侯爵夫人说，"一个有五匹马和三辆马车，一个辉腾，一辆布劳姆和一辆敞蓬车的马。"

"那要花很多钱吗？"波皮诺惊讶地问。

"巨额款项！"拉斯蒂尼亚克说，进行了干预。"对于马来说，这样的设施每年要花一万五千到一万六千法郎，这对于马来说，要使车厢整齐，对男人来说，要花些钱。"

"夫人，你想这样吗？"法官说，看上去很惊讶。

侯爵夫人回答："至少是。"

"家具也必须花很多钱吗？"

埃斯帕德夫人回答说："十万法郎。"他不禁对律师的粗俗微笑。

"法官，女士，很容易令人信服；这是他们所要支付的，我非常怀疑。吉恩诺男爵和他的母亲一定已经出逃了。如果您说的是正确的，则最荒谬。有一个稳定的机构，根据您的帐户，每年的费用为一万六千法郎。家政，佣人的工资和房屋本身的总支出必须达到两倍；一年总共赚五万至六万法郎。您是否认为这些人以前非常贫穷，可有这么大的一笔财富？一百万只几乎每年四万只。"

先生，母子俩投资了米给他们的钱。。当他们的年龄在60至80岁时，他们的入息率会上升。我认为他们的收入必须超过六万法郎。然后儿子有了好的约会。"

法官说："如果他们每年花费六万法郎，您会花多少钱？"

"好吧，"埃斯帕德夫人说，"差不多。"骑士开始了一点，侯爵夫人变色了。边村看着拉斯蒂尼亚克；但是保留了一种朴素的表达方式，这颇为欺骗'夫人。骑士没有参加谈话。他看到一切都消失了。

说："这些人，夫人，可能会在高等法院被起诉。"

侯爵夫人迷惑地说："那是我的意见。""如果受到警察的威胁，他们会和解的。"

"夫人，"波皮诺特说，"'离开了您，他没有给您授权书来让您管理和控制自己的事务吗？"

"我不理解所有这些问题的目的，"侯爵夫人生气地说道。"在我看来，如果您只考虑我丈夫的精神错乱所处的境地，那么您应该让自己对他而不是对我感到困扰。"

法官说："女士，我们来了。""在将。的控制权移交给您或其他任何人之前，'的财产，假设他被宣布无力，法院必须询问您如何管理自己的财产。如果.'赋予了您权力，他会对您表现出信心，而法院将承认这一事实。你有权力吗？您可能已经购买或出售房屋财产或在企业中投资了钱？"

她说："不，先生，这些无礼的商人不习惯交易。" 她以自己作为贵族的骄傲而极为荨麻，然后忘记了生意。我的财产完好无损，'没有给予我行动的权力。"

骑士将他的手放在他的眼睛上，不要背叛他对子近视的烦恼，因为她正因自己的回答而毁了自己。尽管有明显的加倍，还是直奔大关。

律师说，"夫人，骑士"．"这位先生，您和您有密切的联系吗？我们可以在其他先生们面前公开发言吗？"

侯爵夫人对这种谨慎感到惊讶，"说吧。"

"好吧，夫人，只要您每年花去六万法郎，给任何看到您的马，房子，仆人的列车以及那种看家风格的人，比让让·罗纳德都要豪华得多，这笔钱看起来很合理。"

侯爵夫人同意了。

法官继续说："但是，如果您每年的债务不超过26,000法郎，您可能会有10万法郎的债务。因此，法院有权想象，促使您要求丈夫被剥夺财产控制权的动机因自身利益和需要偿还债务（如果有）而变得复杂。。给我的要求使我对您的职位感兴趣；充分考虑并作出表白。如果我的假设违背了事实,那么如果您不能表现出绝对的光荣和明晰的态度,那么还没有时间避免法院有完全权利在判决的保留条款中表达这种责备。

"我们有责任检查申请人的动机,并听取被检查证人的恳求,以确定请愿人是否不是出于热情,对金钱的渴望而引起的,不幸的是这种情况太普遍了-"

侯爵夫人在圣劳伦斯的烤架上。

"我对此必须有解释。夫人,我不想打电话给你。我只想知道你如何过着每年六万法郎的生活,以及过去几年的生活。有很多女性通过做家务来做到这一点,但您不是其中之一。告诉我,您可能拥有最合法的资源,皇家退休金,或对最近授予的赔偿有一些要求;但即使那样,您也必须已经获得丈夫的授权才能接受。"

侯爵夫人没有说话。

"您必须记住,"波皮诺特接着说,'不妨提出抗议,他的律师将有权查明您是否有债权人。这个闺房是新装修的,您的房间现在还没有装修剩下的东西。',建于1816年。如果像您那样荣幸地通知我,家具对于而言是昂贵的,那么对您来说,那就是更大的贵妇。尽管我是法官,但我不过是一个男人;我可能错了,告诉我。还记得法律规定我承担的职责,以及它要求进行的严格询问,而在此之前的案件是在他的成年时期,他父亲的一切职能都被中止了。侯爵夫人,所以请您原谅我所有的困难。您可以轻松地给我一个解释。

"当宣布某人无能力控制自己的事务时,必须任命一名受托人。谁将成为受托人?"

"他的兄弟,"侯爵夫人说。

骑士鞠了一躬。短暂的沉默,在场的五个人感到非常不舒服。法官无论是在运动上还是在妇女的痛苦处都敞开了怀抱。波皮诺特的容貌普通,笨拙,在侯爵夫人,骑士和拉斯蒂尼亚克的笑声中,这种表情在他们的眼中变得越来越重要。他们偷偷看了他一眼,发现了那张雄辩的嘴巴的各种表情。可笑的凡人是一个敏锐的法官。他对闺房的好学之道是有原因的:他从支持烟囱钟的镀金大象开始,检查了所有这些奢侈,最后以阅读这个女人的灵魂为结尾。

看着烟囱上的瓷器说:"如果侯爵对中国着迷,我会发现您对中国的产品并不陌生。" "但也许是来自。侯爵说,你有这些迷人的东方作品。" 他指着一些珍贵的琐事。

具有讽刺意味的是,当侯爵夫人咬住了她细细的嘴唇时,比安川笑了起来,使拉斯蒂尼亚化石了。

她说:"而不是成为处于残酷困境中的妇女的保护者,这是在失去财富和孩子,被视为丈夫的敌人之间的一种选择,"她说,"您指责我,先生!你怀疑我的动机!您必须确信自己的行为很奇怪!"

法官急切地说道："夫人，法院在某些案件中所采取的谨慎态度，在任何其他法官中，这些案件都可能给你带来比我少一些的宽容批评家。而且，您认为这是我的意思吗？" 'd 律师会向您显示任何重大考虑吗？他会不会对那些纯粹纯洁而无私的动机感到怀疑？你的生活将受到他的怜悯；他会在不因我对您的尊敬而无视他的搜索条件的情况下进行调查。"

侯爵夫人讽刺地说："先生，我非常有责任。""首先，我现在欠三万或五万法郎，这对'和-来说只是微不足道的。但是，如果我的丈夫不具备自己的精神才能，那会阻止他被宣布无能吗？"

"不，女士，"波皮诺特说。

她说："尽管您以一种狡猾的眼神向我提出了质疑，我本不应该在法官中怀疑这种情况，而且在那种坦率的态度会满足您的目的的情况下，" 我会毫不掩饰地告诉您我在世界上的地位，以及我为保持联系而必须付出的努力，丝毫不影响我的品味。我长期孤独地开始了我的生活；但是我孩子的兴趣吸引了我。我觉得我必须填补他们父亲的位置。通过接待我的朋友，通过保持所有这些联系，通过承担这些债务，我确保了他们未来的福利；我为他们准备了辉煌的职业，他们将在这里找到帮助和青睐；为了获得这样的收益，许多商人，律师或银行家会很乐意偿还我所付出的一切。"

"我感谢您的奉献精神，女士，"波皮诺特回答。"这很荣幸，我一无所有。法官属于所有人：他必须知道并衡量每个事实。"

'夫人的机智和估计男人的作法使她明白了。不受任何考虑的影响。她指望一位雄心勃勃的律师，她找到了一个有良心的人。她立刻想到了寻找其他方法来确保自己一方的成功。

仆人带来茶。

"夫人，你有进一步的解释要给我吗？"说，看到了这些准备。

她傲慢地回答："先生，请按照自己的方式办事；问题'，我敢肯定，你会同情我。"她抬起头，骄傲地看着脸庞，混杂着无礼。那个有价值的人恭敬地鞠躬。

"好人是你叔叔，"拉斯蒂尼亚克对比扬说。"他真的那么密集吗？他不知道埃斯帕德侯爵夫人是什么，她的影响力是什么，她对人民的无可否认的力量？海豹的守护者明天将与她同在-"

"我亲爱的同伴，我该如何帮忙？"边村说。"我不是警告过你吗？他不是一个你可以克服的人。"

"不，"拉斯蒂尼亚克说。"他是一个你必须跑过去的人。"

医生被迫向侯爵夫人鞠躬，她的哑巴骑士赶上了。不是一个要忍受尴尬姿势的人，而是在房间里步调。

"那个女人欠十万克朗，"法官走进侄子的出租车时说。

"您对此案有何看法？"

"我，"法官说。"在我研究完所有内容之前，我永远没有意见。明天早些时候，我会四点钟到我的私人办公室去让·罗纳德夫人打电话给我，让她解释与她有关的事实，因为她受到了伤害。"

"我非常想知道结局是什么。"

"为什么，保佑我，难道您不知道侯爵夫人是那个从不说一句话的高个子男人的工具吗？他身上隐隐隐约地藏着一个隐姓埋名的隐姓埋名，但因他的大棒而去法庭的那个隐隐埋葬的人，在那里，不幸的是，我们保留了不止一位达摩克利斯的剑。"

"哦，拉斯蒂尼亚克！我想知道是什么把你带进那条船的？" 大叫。

说："啊，我们习惯于看到这些小小的家庭阴谋。" "没有一年没有针对此类申请的许多'证据不足'判决。在我们的社会状况下，这样的尝试不会带来任何耻辱，而我们却将一个可怜的魔鬼送往厨房，厨房打破了一块玻璃，将他与盛满金的碗隔开。我们的代码并非完美无缺。"

"但是这些是事实吗?"

"我的男孩,您是否不知道客户将其强加于律师的所有司法浪漫?如果律师们谴责自己只说出真相,那他们赚的钱就不足以维持办公室的开放。"

第二天,下午四点,一个非常粗壮的女人,看上去很像是一个穿着长袍和腰带的酒桶,坐着法官的楼梯,出汗而喘气。她非常困难地摆脱了绿色的土地,这使她感到了奇迹。没有蓝道的女人,或者没有女人的蓝道,你都想不到。

"是我,亲爱的先生,"她出现在法官房间门口。"让·罗娜夫人,你召唤我就像是个贼一样,无论多多少少。"

普通话以普通声音说出,被哮喘的喘息打断,并以咳嗽告终。

"当我经过潮湿的地方时,先生,我无法告诉你我所受的苦难。我永远不会老骨头,拯救你的存在。但是,我在这里。"

律师对这种所谓的'的外观感到十分惊讶。吉恩雷诺夫人的脸上满是无数个小孔,非常红,哈巴狗的鼻子和低额的额头,圆得像球。因为关于那个好女人的一切都是圆的。她有着乡村女人的明亮眼睛,诚实的目光,开朗的语调,栗子的头发被绿色的引擎盖下的引擎盖盖住了,绿色的引擎盖上装饰着一堆破旧的耳。她那惊人的胸围是一件值得嘲笑的事,因为每次她咳嗽时,都会使她感到恐惧。她那双大腿的形状使巴黎街头男孩形容这名女子被堆成一堆。寡妇穿着一件绿色的长袍,上面装饰着龙猫,在她的身上看起来像是一滴脏油溅在新娘的面纱上。简而言之,关于她的一切都与她的遗言相称:"我在这里。"

波皮诺特说:"夫人,你被怀疑使用了一些诱人的艺术来诱使人。'交给你很多钱。"

"什么!什么!"她哭了。"诱人的艺术?但是,亲爱的先生,您是一个值得尊敬的人,此外,作为律师,您应该有一定的理智。看着我!告诉我我是否有可能引诱任何人。我不能系鞋带,也不能弯腰。在过去的二十年中,上帝赞扬我,我不敢在突然死亡的痛苦中停留一会。我十七岁的时候像芦笋茎一样瘦,而且也很漂亮-我现在可以这么说。所以我嫁给了好伙伴让·罗纳德,并且是盐船上的负责人。我有一个男孩,他是一个很好的年轻人;他是我的骄傲,说他是我最好的作品并不能使我自卑。我的小詹纳洛是一名拿破仑功不可没的士兵,曾在皇家卫队中服役。可惜!在我溺水的老人去世后,时代变得更糟了。我有天花。我在我的房间里呆了两年,没有动静,我从中看到了你所看到的大小,那是永远的丑陋,而且尽可能地令人沮丧。这些是我的诱人艺术。"

"但是,原因是什么引起了米。'给您钱-"

"先生,这句话真是太棒了!我不介意。但至于他的原因,我无权解释。"

"你错了。此刻,他的家人自然感到震惊,即将采取行动-"

"我们之上的天堂!" 好女人说,开始。"有可能他应该为我的账户担心吗?那个男人的国王,一个没有对手的男人!我几乎可以说,而不是他应该遇到的麻烦最小,或者头上的头发可以少一点,我们将归还每一个先生。把它写下来。我们之上的天堂!我会马上去告诉让恩洛,这是怎么回事!确实是一件漂亮的事情!"

小老妇出去了,滚下楼,消失了。

波皮诺对自己说:"谁也不会说谎。" "好吧,明天我将了解整个故事,因为我将去看德斯帕德侯爵。"

一个人随心所欲地度过了生命的年龄已经过去的人们,知道明显的琐碎事件可能会对更重要的事件产生多大的影响,而对于以下的次要事实所赋予的重视,也不会感到惊讶。第二天,发生了袭击,这是一种不危险的投诉,通常因脑部感冒的荒谬和不足而广为人知。

法官不能认为延迟可能会很严重,感觉自己有点发狂,所以留在房间里,没有去看德斯帕德侯爵。就这件事而言,今天失去的是玛丽·德·梅迪奇( )在骗锅那天所喝的那杯汤,由于推迟了她与路易十三的会面,使黎塞留能够在她之前到达圣日耳曼,并夺回他的皇家奴隶。

在陪同律师及其注册书记到埃斯帕德侯爵夫人的家中之前，不妨先看看这位妻子的请愿书上是疯子的儿子之父的住房和私事。

在巴黎的老地方，到处都可以看到一些建筑物，考古学家可以在其中辨别出装饰城市的意图，以及对财产的热爱，这使业主赋予了该建筑物以持久的特征。。的房子 当时，'居住在--街上，是这些古老的豪宅之一，是用石头建造的，并没有一定的风格。但是时间使石头变黑了，镇上的革命把它的内外都损坏了。以前住在大学附近的贵宾们已经在伟大的教会基金会的帮助下消失了，这所房子已成为工业和居民的住所，这些住所从来都不注定要掩盖。在上个世纪，一家印刷厂已经磨损了抛光地板，弄脏了木雕，使墙壁变黑，并改变了主要的内部布置。这座精美的房屋以前是红衣主教的住所，现在由几百位租户分摊。该建筑的特征表明，它是在亨利三世，亨利四世和路易十三的统治下建造的，当时酒店和与公主的宫殿一起竖立在同一个街区和山梨醇。一个老人记得在上个世纪听说它叫旅馆杜佩龙酒店，所以这个名字的著名枢机似乎是建造的，或者也许只是住在那里。

确实，在庭院的一角仍然存在着一个人行道或几个外台阶的台阶，通过它进入了房屋。通往花园前面的花园的路也走了类似的台阶。尽管破败不堪，但建筑师在栏杆和入口门廊上豪华地摆放着这两个人的冠冕，这表明了纪念主人名字的简单思想，这是我们祖先经常允许自己雕琢的双关语。最后，为了支持这一证据，考古学家仍然可以在纪念章上辨别出这些纪念章，该纪念章在正面上显示出罗马帽绳的一些痕迹。

米'住在一楼，毫无疑问地是为了欣赏花园，该花园在那个街区被称为宽敞，并为他的孩子的健康敞开了大门。顾名思义，在陡峭山坡上的街道上，房屋的状况使这些底楼的房间永远不会受潮。米 毫无疑问，达斯帕德以非常适中的价格拿走了这些房产，以使他进入该校读书并监督他的男孩的教育时，他在那个季度定居时的租金很低。此外，他所处的地方要修理好一切，毫无疑问地吸引了房主的住宿。因此。'能够花一些钱适当地安顿自己，而没有被指责为奢侈。房间的崇高感，镶板（框架，天花板的装饰）都没有幸存，所有这些都表现出了飘逸在任何尝试或创造的东西上都印有的尊严，而艺术家至今仍在最小的遗物中辨认出这种尊贵。仍然是书，衣服，书柜的面板或扶手椅。

侯爵的房间涂有深褐色的色调，深受荷兰人和旧巴黎市民的喜爱，这些色调为画家提供了很好的效果。面板上挂着普通纸，与油漆和谐相处。窗帘是用廉价的材料制成的，但选择时能产生总体令人满意的效果；家具不太拥挤，摆放得当。进入这个家中的任何人都无法抵挡甜蜜的安宁感，这种安宁感是由完美的镇静，静止，色彩的朴实统一，图片的保存所产生的，用画家可能会说的话。细节上的一定高贵，家具的精致清洁以及人与事物的完美融合，都使"舒适"一词成为双唇。

候爵侯爵和他的两个儿子使用的房间很少有人进入，他们的生活对邻居们来说似乎是神秘的。在朝向街道的一侧，在三楼，有三间大房间，这些房间处于破败和怪异的光秃秃的状态，但由于印刷工作而减少了。这三个房间专门研究中国风景如画的历史，被设计成一个书写室，一个储藏室和一个私人房间，其中。'在一天的一部分时间里坐着；早餐后一直到下午四点，侯爵们都留在三楼的这个房间里，从事他所从事的出版物的工作。想要见到他的访客通常在那儿找到他，两个孩子放学归来时常常向他求助。因此，位于一楼的房间是一种避难所，父子俩从晚餐时间到第二天都度过了他们的时光，他的家庭生活在公众的注意下被严密关闭。

他唯一的仆人是厨师（一个长期与家人息息相关的老妇人）和一个四十岁的男仆，当他与布莱蒙小姐结婚时就和他在一起。他的孩子的护士也一直陪着他们，公寓目击者的细心照料表明，这个女人出于主人的利益，对他的房子的管理以及对他孩子的指控而产生了秩序感和母爱。。这三个善良的人，严肃而又不交流的人，似乎已经成为统治侯爵家庭生活的主意。他们的习惯与大多数仆人的习惯形成对比，这是一种特殊性，在房子上笼罩着一种神秘的气氛，并激起了他的。'自己借了机会。非常值得称赞的动机使他决定永远不与房子中的其他任何住户进行拜访。为了教育他的男孩，他希望阻止他们与陌生人的一切接触。也许他也希望避免邻居的入侵。

在一个同等地位的人中，当拉丁区的人被自由主义所分散时，这种行为肯定会激起许多小小的激情，这些情感的愚蠢只能由他们的卑鄙程度来衡量，即搬运工的结果八卦和恶毒的挨家挨户说话，这对都是未知的。'及其保留者。他的仆人被毁为耶稣会士，他的厨师被为狡猾的狐狸。护士正与让娜洛夫人共谋抢劫疯子。疯子是侯爵。在一定程度上，其他租户开始将疯狂的证据视为他们在时代注意到的许多事情。'，通过了他们的判断筛分，却没有发现他们的合理动机。

由于不相信中国历史的成功，他们设法说服房子的房东说。'没钱了，只是因为忙碌的人们常常会忘记，他才让收税员寄给他一张传票，以支付欠款。房东随即寄出一张收据，从1月1日起索要本季度的房租，搬运工的妻子因扣留而使自己逗乐了。15日，缴纳了传票。'，那个女招待是在闲暇时把它递给他的，他认为这是一种误解，没有想到一个在他住了十二年的房子里的男人会表现出任何不满。侯爵实际上是在他的男仆把房租的钱拿给房东时被法警抢走的。

这次逮捕被严厉地报告给与他进行这项条约的人，使一些已经对产生怀疑的人感到震惊。'的偿付能力是据说让伦诺男爵和他的母亲从他那里得到的巨款。确实，租户，债权人和房东的这些怀疑在侯爵家的极端经济管理中有借口。他像被毁坏的人那样进行。他的仆人总是为生活中最琐碎的生活付出现成的钱，并表现为不选择信誉。如果现在他们要求借贷任何东西，那可能会被拒绝，因为在附近地区人们普遍相信八卦。有一些商人喜欢他们的顾客，他们经常看到顾客而讨厌他们，而他们讨厌别人，他们付出的代价很高；而非常好的顾客，他们将自己的水平保持在很高的水平，以至于不熟悉任何粗俗的，粗俗但富有表现力的单词。人是这样的；在几乎每堂课中，他们都会以八卦或庸俗的灵魂来讨好他们，他们以各种便利和手段拒绝他们所憎恶的优越感，无论形式如何。在法庭上碰壁的店主有他的侍应生。

简而言之，侯爵和他的孩子们的举止肯定会引起邻居的不适，当男人毫不犹豫地进行卑鄙的举动时，只要他们可能会伤害到邻居，他们就一定程度地提高他们的恶意程度。他们自己创造的对手。

米 达斯帕德是一位绅士，而他的妻子则是一位女士，从出生和繁殖开始；高尚的类型，在法国已经非常稀有，以至于观察者可以轻松地数出完全意识到它们的人。这两个角色是基于原始思想，可以被称为天生的信念，基于婴儿期形成的习惯并且已经不复存在的。相信纯净的血液，在特权的种族中，比其他人高尚的思想，难道我们不应该从出生起就测量过将贵族与暴民分开的距离吗？指挥，我们是否一定从未达到过平等的地位？最后，难道教育不应该灌输大自然启发那些在她的母亲未曾亲吻过她的头上戴皇冠的伟人的想法吗？这些思想，这种教育，在法国已经不再可能了。在过去的四十年中，机会已经使他们沉浸在战斗的血液中，以荣耀来给他们镀金，以天才的光环为他们加冠，从而使他们成为了贵族。在这种情况下，通过浪费财产来废除继承权和长子，迫使贵族去自己的企业而不是去做国事，而个人的伟大只能是经过长期耐心的辛劳才能获得的伟大：相当新的时代。

被认为是封建制度的伟大机构的遗物，米。'值得敬佩。如果他相信自己在血统上是其他人的上级，那么他也相信贵族的所有义务；他拥有它要求的美德和力量。他按照自己的原则养育了自己的孩子，并从摇篮中教育了他们的种姓宗教。对自己尊严的深刻理解，对名字的骄傲，对自己天生的坚信深信不疑，这使他们产生了一种君王般的骄傲，骑士们的勇气以及男爵领主的保护性恩惠；他们的举止与他们的观念相吻合，将成为王子，并冒犯了蒙塔涅 - 圣杰纳维夫大街的整个世界。这个世界，比其他所有人都平等，每个人都相信米。'被毁，所有地方，从最低到最高，都拒绝了贵族对没有钱的贵族的特权，因为他们都准备允许富裕的资产阶级篡夺他们。因此，这个家庭与其他人之间缺乏沟通，无论在道德上还是在身体上都是如此。

在父亲和孩子们中，他们的个性与内在的精神相协调。米当时的'大约是五十岁，可以作为代表19世纪出生贵族的典范。他温柔而公正；他的脸在轮廓和一般表情上表现出一种崇高的情绪，但带有一种刻意的冷漠的印象，这种刻板的冷漠使他显得格外坚定。阿奎琳鼻子的鼻子从左向右弯曲，略带弯曲，这并不缺乏优雅。他的蓝眼睛，高额的额头，在眉毛上足够突出，形成一道浓密的山脊，遮住了光线，使他的眼睛蒙上了阴影，所有这些都显示出一种正直的精神，具有毅力和忠诚度，同时给人一种奇异的表情。。实际上，这个阁楼的额头可能暗示着一种疯狂的感觉，浓密的眉毛增加了明显的怪异。他握着绅士的白色小手。他的脚又高又窄。他的犹豫不决的讲话-不仅是关于结结巴巴的发音，而且是他的思想，思想和语言的表达-在听众的心中给人的印象是，他以熟悉的措辞，来去去去，感觉自己的方式，尝试一切，中断手势，什么也没做。这种缺陷纯粹是表面上的，与嘴巴紧紧的决定性和他的面相的鲜明特征形成鲜明对比。他那步履蹒跚的步调与他的讲话方式相符。这些奇特之处有助于肯定他的精神错乱。尽管他外表优雅，但在个人花销上还是有系统地节俭的，他穿着这件黑色的工装外套工作了三到四年，并由他的老仆人精心擦拭。

至于孩子们，他们俩都很帅气，并且拥有不排除贵族鄙视的风度。他们拥有鲜艳的色彩，清晰的眼睛，透明的果肉，展现出纯正的生活习惯，规律的生活以及应有的工作和娱乐。他们俩都有黑色的头发和蓝色的眼睛，鼻子像鼻子一样弯曲。但是他们的母亲也许已经向他们传达了言辞的尊严，外表和面容的尊严，这是-中的遗传因素。他们的声音清澈如水晶，具有情感上的品质，柔和的声音令人着迷。简而言之，她们有一个女人在感觉到自己的容光后愿意听的声音。但最重要的是，他们有谦虚的谦卑，纯洁的后备，不与我接触，这些在成熟时似乎是故意的，他们的举止极大地激发了认识他们的愿望。这位年长的克莱门特·德·尼格雷佩莱斯（　）刚好十六岁。在过去的两年中，他不再穿他的兄弟'仍然穿着的漂亮的英国圆形外套。伯爵过去六个月不再去亨利四世大学读书了，他的打扮是一个年轻人的风格，他享受着时尚的第一乐趣。他的父亲不想谴责他一年来对哲学的无用研究。他试图通过先验数学的研究使自己的知识具有一定的一致性。同时，侯爵要他从原始资料，宪章，早期文件和书中教授东方语言，欧洲国际法，纹章学和历史。卡米尔最近开始研究修辞学。

波皮诺特准备去问问题的那一天。'是一个星期四，一个假期。在他们的父亲醒来之前的大约早上九点，兄弟俩正在花园里玩耍。克莱门特发现很难拒绝他的兄弟，他的兄弟第一次渴望去枪击画廊，并恳求他将他的请求转交给侯爵。这位子爵总是宁愿利用他的弱点，也非常喜欢和他的兄弟搏斗。所以夫妻俩像男生一样吵架和打架。当他们在花园里奔跑，互相追逐时，他们发出如此大的声音以至于唤醒了父亲，父亲来到窗前，却没有在激烈的竞争中察觉到他。侯爵逗乐了，看着他的两个孩子像蛇一样扭曲在一起，他们的力量使他们的脸红了。他们的肤色是玫瑰和白色，眼睛闪着火花，四肢像绳索在火中扭动。他们摔倒了，又蹦蹦跳跳，像马戏团的运动员一样互相捉住，为他们的父亲提供了幸福的时刻之一，这些时刻可以弥补忙碌的生活中最强烈的焦虑。另外两个人，一个在二楼，一个在一楼，也在向花园里看，说那位老疯子正在通过让孩子们打架来逗自己。立刻有几个头出现在窗户上；侯爵们注意到了他们，对他的儿子们说了一句话，他的儿子们立即爬上窗户，跳进自己的房间，克莱门特获得了卡米尔要求的许可。

整个房子里，每个人都在谈论侯爵精神病的新形式。当大约在十二点钟到达他的店员，女招待的陪同下时，他被问到。'将他带到三楼，告诉他＂。'早在那天早上就开始了他的两个孩子的战斗，并且像他看到那个年轻人咬长者直到流血的怪物一样大笑着，毫无疑问，他多么渴望看到他们杀死他们彼此。——别问我为什么。"他不露面！"

正当女人说出这些决定性的话时，她已将法官带到三楼的着陆点，面对面的是一扇门，上面盖着公告，宣布了中国风景如画的历史的连续数字。泥泞的地板，肮脏的栏杆，打印机留下印记的门，破旧的窗户以及学徒们以其牛油浸的烟熏味，纸堆和垃圾的烟熏画而惹恼自己的天花板蓄意地或因疏忽而堆放在角落里，简而言之，他眼前的那张照片的每个细节都与侯爵夫人所称的事实非常吻合，尽管法官公正无私，但还是不敢相信这些事实。。

搬运工的妻子说："先生们，你在那里。" "有个老大爷，中国人吞下了足以养活整个街区的东西。"

店员微笑着看着法官，波皮诺特很难保持自己的面容。他们一起走进外面的房间，坐在那里的一位老人毫无疑问地履行着办公室文员，店员和收银员的职能。这个老人是中国的女仆。沿着墙壁长着架子，上面放着堆积成堆的数字。用木板隔开的隔断，光栅上衬有绿色的窗帘，切开房间的末端，形成一个私人办公室。收银台上开有小缝的小孔，可收放皇冠上的物品。

" 。'？" 波皮诺对那个穿着灰色上衣的男人说。

店员打开门进入隔壁的房间，律师和他的同伴在那儿看到一个尊敬的老头，头顶白发，穿着简单，穿着圣路易斯的十字架，坐在桌子上。他不再比较一些彩色印刷品，抬头看着两位访客。这个房间是一个朴实的办公室，里面装满了书籍和校样。有一张黑色的木桌子，在那儿，有人缺席，无疑是习惯了。

"埃斯帕德侯爵？" 波皮诺说。

"不，先生。"老人抬头说。"你想和他做什么？" 他补充说，挺身而出，并表现出由于绅士风度引起的端庄的举止和习惯。

回答说："我们希望和他谈谈专门针对自己的业务。"

"保卫，这里有些绅士想见你，"那位老人说，走进最远的房间，侯爵坐在火炉旁看报纸。

这个最里面的房间铺着破旧的地毯，窗户上挂着灰色的荷兰窗帘。家具包括几把红木椅子，两把扶手椅，一张可旋转的桌子，一张普通的办公桌和烟囱架上的，一个肮脏的钟表和两个旧烛台。老人带头去了波皮诺特和他的书记官长，推开了两把椅子，好像他是这个地方的主人。米'留给了他。在初步的文明过程中，法官观看了所谓的疯子，侯爵自然问了这次访问的目的是什么。这位朝臣显眼地看着那位老先生和侯爵。

他说："我相信，侯爵先生，我的职务性质以及将我带到这里的询问使我们希望一个人呆着，尽管在法律上可以理解，在这种情况下，这种询问进行家庭宣传。我是塞纳河部门下级上诉法院的法官，并由总统负责对您的遗嘱进行审查，以调查在德斯帕德侯爵夫人的请求中提出的某些事实。"

老人退缩了。当律师和侯爵夫人独自一人时，店员关上门，毫不客气地坐在办公桌旁，在那里他摆放文件并准备取下笔记。仍然盯着。'；他正在看这个粗俗言论对他的影响，这对于一个完全拥有自己理智的男人来说是非常痛苦的。'侯爵（通常脸色苍白，正直人脸色苍白）突然发红如怒。他颤抖了一下，坐下，将纸放在烟囱上，低头看。过了一会儿，他恢复了绅士的尊严，并稳定地看着法官，仿佛在读出他的性格。

他问道："先生，情况如何，我没有听说过这样的请愿书？"

"侯爵先生，被认为负有这样的佣金的人不应该利用自己的理由，对请愿书的任何通知都是不必要的。法院的职责主要在于核实请愿人的指控。"

侯爵回答说："没有什么比这更公平了。""那么，先生，太好了，可以告诉我我该怎么做-"

"您只需要回答我的问题，就什么都不做。不管原因多么微妙，可能导致您采取某种行动，以使'夫人为她的请愿提供借口，而不必担心。没有必要向您保证律师知道他们的职责，并且在这种情况下，其秘密是最深刻的-"

"侯爵夫人，"侯爵夫人说，这是最诚挚的痛苦，"如果我的解释应导致对埃斯帕德夫人的行为有任何指责，结果将是什么？"

"法院可以在其判决理由中加入谴责。"

"这种谴责是可选的吗？如果我要在答复前与您约定，在您的报告对我有利的情况下，应该说什么都不会惹恼'夫人，法院是否会考虑我的要求？"

法官看着侯爵，两个人交换了同样宽宏的感情。

对他的注册商说："，进入另一个房间。如果您可以使用，我会打电话给您。—如果我倾向于思考，"当店员出门时，他继续对侯爵说，"我发现在这种情况下存在一些误解，先生，我可以向您保证，法院将应您的要求以礼貌行事。

"有一个最重要的事实是埃斯帕德夫人提出的，这是最严重的事实，我必须请求解释。"法官停顿了一下。"这是指您的财富的浪费，是为了利用某位船长的遗让·罗纳德夫人的遗—,或者更确切地说,是指您的儿子让罗纳德上校的遗,据说您已经为之争取了约见。您对国王的影响,最后扩大了保护范围,以确保他与国王的婚姻顺利。请愿书表明,这种友谊比任何感情更投入,甚至是道德必须反对的感情-"

突如其来的红晕使侯爵的脸和额头变得深红,泪水甚至开始渗入眼中,因为他的睫毛湿了,然后有益于健康的自豪感压抑了情绪,这在一个男人中被认为是一种软弱。

侯爵以断断续续的声音说:"先生,告诉您真相,您使我陷入一个奇怪的困境。我行为的动机是与我同归于尽。揭露它们,我必须向您透露一些秘密的伤口,必须让我的家人感到荣幸,并必须对自己说这是一件微妙的事情,您将完全理解。先生,我希望这一切仍然是我们之间的秘密。毫无疑问,您将能够在法律公式中找到一种可以在不背离我的信心的情况下宣布判决的人。"

"就目前而言,侯爵先生是完全有可能的。"

"我结婚后一段时间。"',"我的妻子花了很多钱,我不得不求助于借款。你知道革命中贵族家庭的处境吗?我一直无法留住管家或商人。如今,绅士们大多有义务自行管理事务。我的大部分业权契约都是由我父亲从朗格多克,普罗旺斯或勒孔塔特带到巴黎的,父亲不无理由地畏惧了关于家庭业权契约以及后来被称为"羊皮纸"的样式的询问。特权阶层的人,压倒了所有者。

"我们的名字是；'是亨利四世时期获得的头衔。一场婚姻使我们获得了'房屋的财产和头衔，但前提是我们在盾徽上饰有伪装的盾牌盾牌，即的一个古老家族'的房屋，在母线与白鹭的母线相连：每季，或或和貂和蓝色的两个新来的爪子武装着，在索尔特里的红色，还有著名的座右铭莱昂尼斯。在结盟时，我们失去了，这是一个在宗教斗争中与我的祖先一样出名的小镇。内格雷佩利瑟船长被他所有财产的焚毁毁了，因为新教徒们并没有放过蒙特卢家的一个朋友。

冠冕对米不公正。；他既没有得到元帅的指挥棒，也没有得到州长的职位，也没有得到任何赔偿。喜爱他的查理六世国王去世，却无法奖励他。亨利四世 安排了他与埃斯帕德小姐的婚姻，并为他获得了那所房子的财产，但是所有那些都已经移交给了他的债权人手中。

"我的曾祖父德斯帕德侯爵像我一样，早在父亲去世后就被安置在家庭的头上，父亲去世后，他的妻子消散了财产，只留下了遗产。'的繁重之举。年轻的侯爵夫人因金钱而变得更加束手无策，因为他在法院任职。国王的善意使他发了大财。但是在这里，先生，污点弄脏了我们的锁眼盖章，一种未经承认的可怕的血迹和耻辱，我要把这一切都消灭掉。我发现了与财产和信包有关的事迹中的秘密。"

在这个庄严的时刻，侯爵毫不犹豫地讲话，或与他惯有任何重复。但这是一个普遍观察的问题，在平时生活中遭受这两个缺陷困扰的人，一旦任何热情的情感成为他们的言语的基础，他们就可以摆脱。

他继续说："撤销南特法令是法令。""毫无疑问，先生，您知道这是许多喜欢的人发家致富的机会。路易十四将那些没采取规定步骤出售其财产的新教家庭的没收土地授予了他的法院大亨。就像这个短语那样，一些受到高度支持的人参加了"新教徒狩猎"活动。我毫不怀疑地确定，今天两个公爵家庭享有的财富来自不幸商人的土地。

"我不会试图向您解释，法治者，是用来诱捕那些有大量财力要运走的难民的。可以说，那格勒佩里斯的土地当时由一个新教徒家庭掌握，该土地包括22个教堂和对该镇的权利，以及以前属于我们的墓碑的土地。我的祖父是用路易十四的礼物把它们找回来的。这份礼物是由残暴的罪孽所标记的文件所产生的。这两个庄园的所有者以为他将能够返回家园，经历了一次买卖，并准备去瑞士加入他的家人，他已经提前寄给了他的家人。毫无疑问，他希望利用法律所允许的每一次延误，以解决他的业务问题。

"这名男子被州长逮捕，受托人承认了事实，可怜的商人被绞死，而我的祖先拥有这两个庄园。我很高兴能够忽略他在情节中所占的份额；但是总督是他母亲的叔叔，但不幸的是，我已读过一封信，恳求他在信中要求他申请，这是法院为任命国王指定的名字。在这封信中，提到受害人时有些谐，使我感到恐惧。最后，总督保留了难民家庭寄给赎金的款项，总督一直向商人派遣。

侯爵停了下来，好像对它的记忆仍然太沉重了。

他继续说："这个不幸的家庭被命名为吉恩诺。""这个名字足以说明我的举止。如果没有令我家庭蒙受的秘密耻辱，我将永远无法想像。那笔财富使我的祖父得以嫁给那个房子的年轻分支的继承人闺女 - ，当时那个房子比的上层分支要富有得多。我父亲因此成为王国中最大的地主之一。他能够嫁给我的母亲，年轻的分支的祖母。虽然不怎么好，但该物业还是非常有利可图的。

"就我而言，由于决心要纠正这一恶作剧，我致信瑞士，直到我成为新教受害者的继承人的踪迹，他才知道和平。最后，我发现让·罗纳德变得极度匮乏，离开了弗里堡，回到法国生活。终于，我找到了一个。吉恩诺，这名不幸家庭的唯一继承人，拿破仑骑兵团中尉。在我看来，先生先生，让·罗纳德的权利很明确。建立一项规定性的权利，是否有必要对那些享有这项权利的人提起诉讼？这些难民可以向谁上诉？他们的法院就在这里，或者更确切地说，在这里。"侯爵了他的手。"我没有选择让我的孩子像我想到父亲和祖先一样能够想到我。我的目标是让他们拥有完好的遗产和盾牌。我没有选择贵族应该是我的谎言。毕竟，从政治上来讲，那些现在呼吁反对革命没收的阿联酋人应该保留从前因没收积极犯罪而被没收的财产吗？

"我发现在米。吉恩诺和他的母亲最不诚实的诚实；听到他们的声音，你会以为他们在抢我。尽管我可以说很多，但他们只会接受国王授予我的土地时土地的价值。我们之间的价格定为十一万法郎，这是我在方便时支付的，没有利息。为了实现这一目标，我不得不放弃我的收入很长时间。然后，先生，开始破坏一些我允许自己成为德斯帕尔德夫人性格的幻想。当我向她建议我们应该离开巴黎进入该国时，我们可以依靠她一半的收入生活在这个国家，因此，她很快就完成了归还财产的工作，而我没有对她进行更认真的询问就与她谈过。'埃斯帕德把我当作疯子。然后，我了解了我妻子的本色。她本可以毫不顾忌地批准我祖父的举止，然后嘲笑那些胡格诺派。她因自己的冷漠和对孩子的一点感情而感到恐惧，她毫不后悔地抛弃了我，我决定在偿还我们的共同债务后，让她掌握自己的财产。正如她告诉我的那样，花她的愚蠢与她无关。由于那时我还没有足够的生活费用来支付儿子的学费，所以我决定亲自教育他们，使他们成为有绅士风度的人。通过将我的资金投资于基金，我得以比我敢于希望的更快地偿还债务，因为我利用了价格上涨带来的机会。如果我每年为我的男孩和我自己存下四千法郎，我每年只能还清两万法郎，而要实现我的自由将花费近十八年的时间。照原样，我最近还清了全部的十一万法郎。因此，我很高兴能在没有使我的孩子犯下最小错的情况下进行赔偿。

"这些，先生，这是向让娜奴夫人和她的儿子付款的原因。"

"那么德斯帕德夫人知道你退休的动机吗？" 法官说，控制了他在叙述中的感受。

"是的，先生。"

耸了耸肩；他站起来，打开了通往隔壁房间的门。

"诺埃尔，你可以走。" 他对店员说。

他继续说："先生，尽管您告诉我的内容足以使我彻底启迪，但我还是想听听您对请愿书中提出的其他事实要说些什么。例如，您在这里从事的业务不是高级人员惯常从事的。"

侯爵夫人说："我们不能在这里讨论这个问题。" 他对老人说："新潮，我要去我的房间。孩子们很快就会进来的；和我们一起吃饭。"

"然后，侯爵先生，" 波皮诺特在楼梯上说，"那不是你的公寓吗？"

"不，先生；我把那些房间拿去做这项工作。您会看到，" 他指向广告页面，"历史是由巴黎最受人尊敬的公司之一展现出来的，而不是我展现出来的。"

侯爵夫人带律师到一楼的房间，说："这是我的公寓。"

的诗歌颇为感动，其目的并非在于但普遍存在于此住宅中。天气宜人，窗户开着，花园里的空气散发出有益健康的泥土味，阳光照耀着镀金的木料，颇为阴暗的棕色。当视线出现时，波皮诺特下定了决心，一个疯子几乎不可能发明出他当时意识到的那种柔和的和声。

"我应该只喜欢这样的公寓，"他想。"你想离开这部分城镇吗？"他问。

"我希望是。"侯爵夫人回答。"但是我要待到我的小儿子完成学业，直到孩子们的性格完全塑造，然后再将他们介绍给世界和他们的母亲的圈子。确实，在给他们提供了扎实的信息之后，我打算带他们去欧洲的首都，以使他们看到人和事物，并习惯说他们所学的语言，从而完成这些任务。然后，先生，"他继续说，在法官的客厅里给法官一个椅子，"在我家人的老朋友孔德·德·诺维昂在场的情况下，我无法与您讨论有关中国的书，移居国外后，他一无所有地回到了法国，而在这个问题上，谁是我的伴侣，我的利益要少于他的利益。我没有告诉他我的动机是什么，我向他解释说我和他一样贫穷，但是我有足够的钱来开始测他可能会有用的工作。我的老师是查理十世的阿贝·格罗齐耶。在我的推荐下，任命了阿森纳书店的书记，当他仍是先生时又归还给王子。阿比·格罗齐耶对中国，中国的风俗和习俗有深刻的了解。在一个很难不对我们学到的东西狂热的时代，他使我成为了这一知识的继承人。我五点二十了，我会中文，我承认我从来没有对那个国家产生过敬佩。那个国家征服了他们的征服者，他们的史无前例地回溯到比神话或圣经时代更遥远的时期，他们通过一成不变的机构保存了帝国的完整，其纪念碑是巨大的，其行政管理是完美的，其中革命是不可能的，他们将理想之美视为艺术中的贫瘠元素，将奢侈品和工业带入了这样的世界。主张我们在任何事情上都不能超越他们，而在我们认为自己优越的事情上，它们是我们的平等。

"仍然，先生，尽管我经常开玩笑地将中国与欧洲国家的现状进行比较，但我不是中国人，我是法国绅士。如果您对这项工作的财务方面有任何疑问，我可以向您证明，目前我们有2500名订阅者，涉及文学，图像，统计和宗教等领域；其重要性已得到普遍认可；我们的订户属于欧洲的每个国家，但法国只有1200个。我们的书将花费约三百法郎，而新书报酬将每年从六法郎到七千法郎，因为他的安慰才是这项事业的真正动机。就我而言，我的目的只是为了给孩子们带来一些快乐。尽管我自己，我还是赚了十万法郎，这笔钱将用于支付他们的击剑课程，马匹，衣服和戏剧，支付教给他们成就的大师，使他们的画布变质，他们可能希望购买的书籍，简而言之，父亲的所有小幻想都令他感到满足。如果我被迫拒绝这些可怜的孩子们的放纵，他们是如此的好，工作如此努力，那么以我的名誉所作的牺牲将是双倍的痛苦。

"事实上，我从世界上退休的十二年中，我一直在教育我的孩子，这使我在法庭上被彻底遗忘。我放弃了政治生涯；我失去了我的历史财富，也失去了我可能获得并留给我的孩子们的所有区别；但是我们的房子什么也不会损失。我的男孩将成为有风度的人。尽管我想念参议员，但他们将全心全意致力于国家事务,并做不久就被人们遗忘的服务,以此赢得胜利。在净化我家人的过去记录的同时,我保证了它的光辉未来。难道不是秘密地,没有荣耀地完成了崇高的任务吗?-现在,先生,您还有其他解释要问我吗?"

此刻,在院子里听到了马的踩踏声。

"他们来了!" 侯爵说。过了一会儿,两个穿着时髦但穿着朴素的小伙子们走进了房间,被引导,被鞭打,戴着手套,并盛装骑乘马鞭。他们灿烂的面孔带来了外界空气的清新;他们身体健康。他们俩都像父亲一样握住父亲的手,给了他一眼不言而喻的感情,然后他们冷冷地向律师鞠躬。认为没有必要质疑侯爵与他与儿子的关系。

"你玩得开心吗?" 侯爵问。

"是的,父亲;在第一次审判中,我打了十二发,打倒了六个洋娃娃!" 卡米尔哭了。

"你骑在哪里?"

"在山上;我们看到了我的母亲。"

"她停了吗?"

"我们当时骑得这么快,以至于我敢说她没看到我们," 年轻伯爵回答。

"但是,那你为什么不去跟她说话?"

克莱门特在暗示中说："父亲，我想我已经注意到她不在乎我们应该在公开场合跟她说话。""我们太大了。"

法官的听证会足够敏锐，足以捕捉到这些话，使侯爵的眉毛蒙上了一层阴影。很高兴考虑父亲和他的孩子们的照片。他的视线回过神来，对他感到悲哀。'的脸；他的性格，表情和举止都在最崇高的方面表现出诚实，在知识和侠义上表现出诚实，在其所有美貌上表现出高贵。

侯爵夫人说，"您-您看到的，先生，"他的犹豫又回来了，"您看到正义可以随时随地在这里出现-是的，随时随地在这里出现。如果有人疯了，那只能是那些对父亲有些疯狂的孩子，即孩子，而对他们的孩子非常疯狂的父亲，但是这种疯狂是对的。"

此时此刻，在接待室里听到了珍娜诺夫人的声音，尽管有男仆的示威，但好女人却热闹非凡。

"我不走弯路，我可以告诉你！"她惊呼。"是的，侯爵先生，我想在这一刻与您交谈，"她继续向公司致意。"按照乔治的说法，我已经太迟了，因为先生是刑事法官，在我面前。"

"刑事！"哭了两个男孩。

"由于您在这里，我没能在您自己的房子里找到您的充分理由。好吧！恶作剧酿造时，法律总是浮出水面。——侯爵先生，我来告诉你，我和我儿子一心想将一切都还给你，因为我们的名誉受到威胁。我儿子和我，我们宁愿把一切都还给您，而不是给您带来最小的麻烦。我的话，它们一定像没有手柄的锅一样愚蠢，以至于称你为疯子-"

"一个疯子！我的父亲？" 男孩大叫着，紧紧抓住侯爵。"这是什么？"

"沉默，夫人，" 波皮诺特说。

"孩子们，离开我们，" 侯爵夫人说。

这两个男孩一言不发地走进花园，但非常震惊。

法官说："夫人，侯爵夫人付给您的钱是应得的，尽管这是根据非常深远的诚实理论给您的。如果所有被没收财产的所有人，无论是出于什么原因，即使是通过背叛手段获得的，都被迫每一百五十年要求恢复原状，那么法国的合法所有人就很少了。雅克·库尔的财产丰富了二十个贵族家庭；当他们拥有法国的一部分时，英语对他们的拥护者的好处宣布没收，这使几座王子的房子发了大财。

"我们的法律允许.'处置他的收入而不计入收入，或遭受指控其滥用收入的指控。只有在男人的行为没有道理的情况下，才可以授予疯子佣金；但是在这种情况下，向您汇款的理由是基于最神圣，最光荣的动机。因此，您可能会毫无保留地保留一切，而离开世界去误解一项高尚的举动。在巴黎，最高的品德是最肮脏的暴行的对象。不幸的是，使侯爵的行为崇高的是社会的现状。为了我国的荣誉，我当然认为这些行为是理所当然的；但是，实际上，我不得不比较一下。'是一个应该被授予王冠的人，而不是应该以疯狂的佣金来威胁他。

"在漫长的职业生涯中，我所看到和听到的东西都比我所看到和听到的更深刻。但是，当最高阶层的人实践美德时，它应该表现出其最高贵的一面，这并不罕见。

"侯爵先生，我希望听到我这样表达自己的意见，希望您能感到我的沉默，并且对于案子的判决，如果您现在已在法庭上提出，您现在将不会感到不安。。"

"就是现在！说得好，"让娜洛夫人夫人喊道。"那就像法官！亲爱的先生，看这里，如果我不那么丑，我会拥抱你的。你说得像书。"

侯爵将手伸向，对这位私人生活中的伟人充满了同情心，并轻轻地按了一下，侯爵以愉快的微笑回应。这两种性质是如此之大和饱满-一种平常而又神圣的善良，另一种崇高而崇高的本质-已柔和地融为一体，没有广口瓶，没有一丝激情，就好像两个纯净的光汇合在一起。整个地区的父亲都觉得自己值得抓住这个双倍贵族的人的手，侯爵感到他内心深处的一种本能告诉他，法官的手就是其中不竭的宝藏之一。仁慈常年流。

鞠躬说："侯爵先生，很鞠躬，我很高兴地告诉您，从询问的第一句话来看，我认为我的书记员是没有必要的。"

他接近了米。达斯帕德（'）领着他进入窗台，说道："现在该该回家了，先生。我相信，侯爵夫人已经在您应立即予以抵消的影响下采取了行动。"

波皮诺撤退。他越过院子回头看了几遍，被场景的回忆所感动。当灵魂寻求安慰时，它便是在某些时候扎根于记忆中的花朵之一。

"那些房间正好适合我，"他到家时对自己说。"如果。'离开了他们，我将接受他的租约。"

第二天，大约上午十点，在前一天晚上写出报告的波皮诺特去了司法宫，打算迅速而公正地进行司法审判。当他去抢劫室穿上礼服和乐队时，迎来的接待员告诉他，法院院长恳求他参加他正在等待他的私人房间。立即服从。

总统说："早上好，亲爱的波比诺，我一直在等你。"

"为什么，总统先生，有什么问题吗？"

总统说："这只是一个愚蠢的琐事。" "昨天有幸与我一同用餐的海豹守护者使我陷入了困境。他听说您曾和'夫人一起喝茶，在这种情况下，您被雇用进行询问。他让我明白，您不应该坐这个案子-"

"但是，总统先生，我可以证明我是在带茶的那一刻离开德斯帕德夫人的家的。我是良心的-"

"是的是的；整个工作台，两个法院，所有专业都认识您。我不需要再对他说出我对他的高谈阔论；但是，您知道，"凯撒的妻子绝对不能被怀疑"。因此，我们不要把这个愚蠢的琐事当作纪律问题，而要把它当作礼节。在我们之间，这不在您的考虑范围内，而是在替补席上。"

"但是，先生，如果你只知道那种女人的话-"法官说，试图从口袋里掏出他的报告。

"我完全可以肯定，您在此问题上的审判是最严格的独立性。我本人在各省经常和我不得不尝试的人们一起喝茶。但是海豹保卫者应该提及这一事实，并且可能会引起您的注意，这足以使法院避免对此事进行任何讨论。任何与公众舆论发生的冲突对于制宪机构来说始终是危险的，即使权利是对公众不利的一面，因为它们的武器不平等。新闻可能会说或假设任何事情，而我们的尊严甚至禁止我们回覆。实际上，我已经和您的总统谈到了这个问题。已在您退休时被任命为您的职位，您将在此指定。可以这么说，这是家庭事务。现在，我谨请您表示从此案中退回，以个人名义。弥补这一点，您将获得荣誉军团的十字架，这已经归功于您。我做我的事。"

当他看到。卡莫索特是一位法官，最近他从同级省法院召集到巴黎，向他鞠躬向法官和总统鞠躬，波皮诺特无法压抑讽刺的笑容。这个苍白、公平、充满野心的年轻人，愿意为任何尘世的国王，无辜的和有罪的人高兴而吊死，并效仿劳巴德蒙特而不是鼠。

波皮诺鞠躬退出；他嘲笑否认对他提出的说谎指控。

www.ingramcontent.com/pod-product-compliance
Lightning Source LLC
LaVergne TN
LVHW011736060526
838200LV00051B/3181